LA
VAMPIRE,

OU

LA VIERGE DE HONGRIE.

PAR LE Bon DE LAMOTHE-LANGON.

Regarde, Edmond, c'est moi, dit-elle ;
Moi qui t'aimai, que tu trompas ;
Moi dont la tendresse fidèle
Vit encore après le trépas.

Rom. de Marguerite, par M. DE JOUY.

TOME III.

PARIS.

Chez Mme CARDINAL, libraire,
rue des Canettes, n° 18, Faub.-St-Germain.

1825.

LA

VAMPIRE,

OU

LA VIERGE DE HONGRIE.

IMPRIMERIE D'A. CLÒ,
rue S. Jacques, n. 38.

Delmont, malgré son courage, frissonna à la vue de cette étrange apparition.

LA

VAMPIRE,

OU

LA VIERGE DE HONGRIE.

PAR LE BARON DE LAMOTHE LANGON.

> Regarde, Edmond, c'est moi, dit-elle;
> Moi qui t'aimai, que tu trompas;
> Moi dont la tendresse fidèle
> Vit encore après le trépas.
> Romance de *Marguerite*, par M. DE JOUY.

TOME TROISIÈME.

PARIS,

CHEZ Mme CARDINAL, LIBRAIRE,
RUE DES CANNETTES, N° 18.

1825.

LA
VAMPIRE.

~~~~~~~~~~~~~~~~~~~~~~~~~~~~~~~~~~

CHAPITRE XVII.

———

La société rassemblée dans le château de R*** se montra d'abord jus-
tement alarmée de l'évanouissement
de la belle étrangère, tandis que
l'insensible Berneval se perdait en
vaines conjectures sur la cause qui
l'avait provoqué. Madame Delmont,
son mari et le Docteur, s'empres-
saient de secourir Alinska. Long-

3.   1

temps elle parut insensible à tous
leurs soins : on eût dit qu'à la suite
d'une violente secousse , son âme
avait abandonné sa charnelle demeure. Delmont profita de ce retard
prolongé pour répondre au gentil-
homme :

« J'ai parcouru , monsieur, lui dit-
il , toute l'Europe avec les armées
françaises ; j'ai étudié les mœurs et
les langues des peuples que nous
avons conquis ; en conséquence , ou
je me trompe fort , ou cette dame
est née en Hongrie : dès lors elle doit
être imbue de tous les préjugés , de
toutes les superstitions de sa patrie.
La conversation , tournée sur un objet perpétuellement redoutable pour

ses compatriotes, l'aura sans doute ramenée vers les souvenirs de son enfance, et cela, joint à la faiblesse de sa santé, doit avoir produit cet anéantissement dont nous avons tant de peine à l'arracher. »

Cette explication parut suffisante à ceux qui l'entendirent. Berneval remarqua qu'une Hongroise devait connaître la manière dont on travaillait le vin de Tockai, et il se promit de lui demander des renseignemens à ce sujet, afin de tirer un meilleur parti d'une vigne qu'il possédait, et dont le produit était excellent. Nul ne répondit à ce ridicule propos. Alinska ne revenant point à elle, Mélervant proposa de la ramener dans sa chambre. Lui et le colonel, accompagnés de madame Delmont, la portèrent sur le lit, où elle demeura long-temps encore immobile et froide. Enfin elle poussa un profond soupir, et, portant ses regards sur ceux qui l'entouraient, elle demanda, d'une voix languissante, pourquoi elle se trouvait dans cet état, comme si elle en ignorait le motif.

« Une extrême faiblesse, répliqua Mélervant, suite nécessaire du sang que vous avez perdu, doit de temps à autre encore vous ravir l'usage de vos sens. Vous ne veillez pas assez sur votre santé, madame, et trop témérairement, peut-être, vous comptez sur votre tempérament; vous de-

vez le ménager, et dorénavant vous
montrer moins indocile à nos avis.

— Est-ce ce motif qui m'a fait éva-
nouir, monsieur le docteur ? n'a-t-on
point parlé de Vampires ? qui a osé
soulever le voile mystérieux dont le
ciel couvre l'accomplissement de ses
volontés terribles?

—Ne vous occupez plus, madame,
répartit le colonel, de ces tristes
idées ; l'imprudence qui vous les a
rappelées ne se renouvellera plus. En
changeant de climat, vous avez dû
changer d'habitudes : ici, on ne croit
point à ce qui ailleurs cause une
constante épouvante. Jouissez de la
pureté de notre ciel ; oubliez les ima-
ges lugubres que le vôtre présente

quelquefois. Pardonnez-moi, si je
prends la liberté de vous tenir ce langage, si, soulevant le voile dont vous
paraissez aimer à vous couvrir, je
vous parle des lieux qui vous ont vu
naître. Vous êtes Hongroise, ne nous
le cachez plus. Nous respectons les
motifs qui vous portent à demeurer
parmi nous; mais ne vous flattez pas
d'être inconnue à un de ces anciens
guerriers qui ont suivi, dans toute
l'Europe, les drapeaux glorieux de la
France. »

Alinska ne répondit point à ce que
lui disait Delmont. Elle garda un
sombre silence, qui convainquit Hélène et le Docteur que le colonel
avait deviné la vérité : tous les trois

se retirèrent, lorsque la Hongroise
les eut assurés qu'elle sentait le besoin de reposer un instant. Ils repas-
sèrent dans le salon, où Berneval se
trouvait encore : celui-ci, toujours
indiscret, les accabla d'assommantes
questions, auxquelles on répondit à
peine. Il se retira enfin, charmé de
connaître à quel pays l'étrangère appartenait, et se promettant de communiquer à tous ses voisins cette impor-
tante découverte.

Lorsqu'il fut parti, Mélervant,
après quelque moment d'hésitation,
s'adressant aux deux époux d'abord,
et puis à madame Delmont plus particulièrement : « Je ne sais, leur dit-
il, comment vous faire part du sen-

timent qui domine mon âme. Mais votre bonté pour moi me rassure, et je me flatte que vous me seconderez dans ce qu'il faudra tenter pour parvenir à l'accomplissement de mes vœux. J'ai trente-quatre ans, une fortune honnête, une profession qui augmente mon aisance. Le célibat m'importune bien davantage, depuis surtout que j'ai pu voir la femme charmante à laquelle vous avez offert un asile. Elle est étrangère ; des malheurs sans doute, peut-être une faute qu'elle expie par un fâcheux exil, l'ont amenée parmi nous. Je voudrais améliorer son sort, en lui offrant ma main, si elle daignait l'accepter ; et j'ai cru devoir, avant de rien tenter envers

elle, m'adresser franchement à vous,
espérant que madame Delmont, pour
m'épargner la honte d'un refus, es-
saiera de connaître les intentions de
cette belle personne, et surtout les
dispositions dans lesquelles elle peut
être à mon égard. »

Delmont était trop ému d'une confidence pareille, pour prendre sur
lui d'y répondre sur-le-champ. Il
laissa ce soin à sa femme, qui, à la
fois bonne et prudente, tout en ap-
prouvant le choix que le Docteur voulait faire d'une compagne, l'engagea
à ne point se déclarer avant d'avoir
appris d'une manière positive l'histoire de cette étrangère ; que, par
trop de précipitation, il aurait peut-

être lieu de se repentir plus tard,
lorsque l'effervescence de la passion
serait diminuée.

« Croyez, madame, répartit-il,
que déjà j'ai fait, du moins en partie,
les réflexions que vous cherchez à
m'inspirer. J'ai appris d'une manière
positive, par l'ancien propriétaire du
manoir incendié, qu'il avait vendu
cette maison et les terres sous sa dépendance une somme de cinquante-
cinq mille francs. La maison a disparu,
mais les champs existent ; et dans ce
pays, vous savez que dans les achats
on les compte presque pour tout, et nos
simples demeures pour peu de chose.
Cette dame, m'avez-vous dit aussi,
possède de riches bijoux ; on a sauvé

de l'embrasement une forte somme en or, dont vous fûtes un temps la dépositaire. Ces ressources visibles, les talens que l'étrangère possède, ses manières nobles, quoique un peu bizarres, annoncent déjà qu'elle n'appartient point à cette indigne classe qui cherche à spéculer sur ses charmes. Depuis qu'elle est ici, elle a vécu dans une retraite absolue; elle s'est refusée obstinément à toutes les avances qu'on lui a faites; vos voisins, malgré leurs instances pour l'attirer chez eux, ont pu à peine parvenir à la voir chez vous. Cependant, ils réunissaient une société nombreuse, et des aventurières ne rejeteraient pas l'avantage de se montrer

dans de pareils lieux, où elles pourraient facilement rencontrer quelque
proie. Maintenant, serait-elle la victime d'une imprudente passion? aurait-elle voulu cacher loin de sa patrie
les suites d'une faute de sa jeunesse?
Ici, je ne répondrai point négative-
ment. Mais le temps qui a dû s'écouler depuis ce moment, l'austérité de
sa conduite actuelle, tout doit servir
à l'excuser. Je ne m'occuperai point
du passé, pourvu qu'elle veuille vous
le faire connaître sans mystère, j'irai
même plus loin : je ne veux en rien
savoir; il me suffira, madame, qu'elle
vous en instruise, et je la conduirai
à l'autel, si vous m'assurez qu'elle est
digne de porter le nom d'un honnête
homme. »

Madame Delmont, touchée de la franchise de Mélervant, et de la confiance qu'il avait en elle, lui promit de ne rien négliger pour le satisfaire sur ce qu'il souhaitait. Le colonel, sentant combien il était convenable qu'il parlât à son tour, balbutia néanmoins avec peine quelques mots, et retomba bientôt dans le silence, après avoir de nouveau certifié que la belle Alinska devait appartenir à la Hongrie. Il était tard, lorsque cette conversation finit. Le Docteur devait le lendemain, de bonne heure, partir pour la commune de Clermont, où un malade réclamait ses soins. On se sépara, afin d'aller se coucher; et ce ne fut pas néanmoins sans avoir en-

core parlé du sujet qui en ce moment
intéressait tous les auditeurs. Delmont fut loin de trouver le sommeil;
il était trop agité, pour pouvoir pai-
siblement fermer ses paupières. Il
avait la presque assurance qu'Alinska
rejeterait la proposition qu'on allait
lui faire; mais il craignait que l'âme
impétueuse de cette jeune personne
ne s'échappât, et qu'elle ne dît quelques paroles, ou prît telle résolution
désespérée qui pourraient troubler la
tranquillité de la maison.

Tandis qu'il s'abandonnait à cette
rêverie, il crut entendre un bruit léger de pas s'élever de la chambre de
sa femme, qui était tout auprès de la
sienne. Il écouta d'abord, pour s'as-

surer s'il ne se trompait pas; mais le
bruit continuant, il craignit qu'Hélène ne fût incommodée. Soudain il
se leva, et s'avança doucement vers
la porte de séparation. Il allait l'ou-
vrir, lorsque tout à coup il fut violemment frappé sur le visage par une
main qu'il sentit, sans la voir. La
force de l'action le rejeta vers son
lit, sur lequel il demeura penché
durant quelques minutes, car il avait
presque perdu la respiration. Dès
qu'il fut revenu de cet étourdisse-
ment, il se précipita avec vivacité sur
son épée, qui ne le quittait point,
et, allumant ensuite son flambeau, à
l'aide du phosphore, il examina avec
soin toute sa chambre, espérant y

trouver l'audacieux qui l'avait heurté, et qui devait être un malfaiteur, sans doute.

Les recherches du colonel furent infructueuses. La porte qui communiquait à l'extérieur était soigneusement fermée en dedans, ainsi que les fenêtres ; il ne trouva aucun objet d'alarme, et lorsqu'il fut passé chez sa femme, il vit qu'elle dormait profondément, quoique d'un sommeil pénible. Il craignit de la réveiller, fit néanmoins quelques perquisitions dans la pièce où elle reposait, et, ne découvrant rien, il fut contraint de conclure qu'il s'était trompé, et qu'un seul coup de sang avait été l'agent d'une action qui l'avait ému. Il revint dans sa chambre, et l'aube se leva, comme il veillait encore. La journée paraissait devoir être belle ; il en fut charmé. Ne pouvant prendre sur lui de rester pour être le témoin de la conférence de sa femme avec Alinska, il se décida sur-le-champ à partir pour la chasse, avant que nul ne fût éveillé dans la maison.

Madame Delmont apprit, à l'heure du déjeûner, que son mari n'y assisterait point ; elle n'en fut pas fâchée. Il lui tardait de connaître parfaitement le destin de la Hongroise, et elle se promit d'entamer ce chapitre immédiatement après le repas du matin. Alinska parut lorsque la cloche l'eut appelée. Une tristesse morne éclatait sur son visage, qui était moins pâle qu'à l'ordinaire : elle remercia, avec émotion, son hôtesse, des soins que la veille elle avait eus pour elle.

« Je dois, poursuivit-elle, rougir devant vous de ma faiblesse ; mais il est des sujets que je ne puis entendre discuter, sans en éprouver une invincible horreur. Nous ne pouvons facilement nous débarrasser de tout ce qui nous frappa dans notre enfance : l'homme, dans le cours de sa vie, est presque toujours l'esclave des premières impressions que son éducation lui donna. »

Madame Delmont ne répondit que par les politesses d'usage ; elle ne vou-

lut point devant Juliette s'expliquer
sur ce qu'elle avait à dire. Mais lorsque le déjeûner fut terminé, elle ordonna, au grand étonnement de ceux
qui l'entendirent, que Germaine em-
menât la petite fille jusqu'à ce qu'on
lui fît dire de la ramener. Les deux
dames ensuite passèrent dans le salon.
Alinska, approchant de la cheminée
le métier à broder, se mit promptement à l'ouvrage, et sa compagne,
pour avoir une contenance alors
qu'elle se sentait très-embarrassée,
prit le premier livre qu'elle trouva
et parut lire avec attention.

Cependant, il fallait s'expliquer.
Le Docteur devait revenir à l'heure
du dîner, impatient qu'il était de con-

naître sa destinée, et l'on devait lui
rendre une réponse positive.

« Eh bien ! cher Alinska, dit enfin
madame Delmont, non sans avoir
quelque peu hésité, serez-vous toujours la meilleure, mais la plus mys-
térieuse des créatures? Ne voudrez-
vous jamais nous apprendre quels
motifs puissans vous ont éloignée de
votre terre natale ? Garderez-vous
éternellement, sur ce point, un silence qui afflige vos amis? Vous me
regardez avec étonnement; mes questions vous offensent peut-être? Croyez
qu'elles sont dictées par une sincère
affection. »

— Je n'en doute pas, madame, et
je les excuse parce que je vous con-

nais; mais si jusqu'à ce moment vous
avez voulu m'accorder votre bien-
veillance, sans chercher à savoir qui
je suis, pourquoi ne mériterai-je pas
que vous ayez toujours à mon égard
la même confiance? Me suis-je, depuis
peu, montrée à vous sous un jour
plus défavorable? La calomnie aurait-
elle attaqué ma vie? Hélas ! elle est
assez retirée, pour ne point donner
prise a la plus active malignité.

— Il ne s'agit nullement de ce qui
vous serait désagréable, on n'a rien
appris qui doive vous troubler; mais
pensez-vous être belle impunément?
Nul n'essaierait de connaître le sort
d'une femme ordinaire, on la laisse-
rait passer inaperçue, tandis que

vous , Alinska , frappez trop vivement les yeux , pour qu'ils vous voient
avec indifférence. Vous agitez sans
doute plus d'un cœur, et dans le
nombre il en est qui voudraient, se
rapprochant de vous, obtenir le don
de votre cœur. Ceux-là , vous devez
le croire, ont quelque intérêt à savoir
qui vous êtes, à s'informer si vous
êtes libre, si nul engagement antérieur ne vous arrête, si vous pouvez
enfin disposer de votre main. »

Un sourire mélancolique devança
sur les lèvres de la Hongroise, la réponse qu'elle allait faire. Elle parut
la méditer un moment; puis, rele-
vant sa tête qu'elle avait penchée sur
le métier, et portant vers madame

Delmont un regard plein d'une sévère
indifférence :

« Si la connaissance de mon sort
tient à celle de ma position actuelle,
je puis m'expliquer sur celle-ci, sans
avoir besoin de raconter ce qui a pu
agiter l'autre. Je suis libre, madame,
et néanmoins je ne m'appartiens pas.
J'ai donné mon cœur, je n'ai plus le
droit de le reprendre. Je suis séparée
par toute l'existence de celui que j'aime à l'excès; je ne puis néanmoins
être jamais unie à lui par ces liens que
l'Eglise consacre. Mon âme, accablée, est sous la dépendance d'un
pouvoir supérieur. Je suis Hongroise, ou, pour mieux dire, j'appartiens maintenant à la terre commune.

Ne m'en demandez pas davantage :
vous avez appris tout ce que je pouvais vous dire ; tâchez même de l'oublier.

— Je me contenterais sans doute
d'une pareille explication toute obscure qu'elle soit , mais je ne puis
vous donner la certitude que d'autres
en demeurent satisfaits. On ne voudra point m'écouter , si je ne précise
rien. D'ailleurs, souffrez que je vous
parle le langage de la raison. Vous
êtes loin de votre patrie , seule et in-
dépendante ; vous ne pouvez , dites-
vous, espérer d'être jamais à celui que
vous avez choisi. Et que prétendez-
vous faire dans un pays étranger ? Ne
viendra-t-il pas un temps où , aban-

donnée sous les glaces de l'âge , vous
sentirez le besoin d'un ami? Voulez-
vous retourner dans votre pays? les
événemens y mettront des obstacles
que vous ne pourrez surmonter.
Enfin, vous vous repentirez alors des
refus que maintenant vous ne crain-
drez pas d'exprimer.

— Je sens , madame , tout ce que
mon état actuel aurait de pénible
pour une femme qui se trouverait
dans une des positions ordinaires de
la vie , mais la mienne est placée dans
une classe particulière ; elle ne res-
semble à aucun des cas qui se repro-
duisent si souvent. Je vous parais
isolée ; eh bien ! croyez que je n'ai
pas à m'inquiéter de mon sort à venir.

3.   3

Il est réglé depuis plusieurs années; il
ne peut point changer. Je tourne
autour d'un cercle tracé par un être
tout puissant, et dont je ne m'écarte-
rai pas. Vous pensez qu'un appui me
serait nécessaire; détrompez-vous, je
ne consentirai jamais à en accepter
un. Engagez celui qui vous porte à
me parler, d'oublier que je suis au
monde; de perdre tout espoir, d'é-
teindre surtout un amour qui pourrait lui devenir fatal. L'insensé! il
ne sait pas que quiconque m'aime doit
recevoir la mort.... Vous frémissez,
madame; ah! que ne m'est-il permis
de vous instruire de ma funeste histoire? Ce serait bien alors que vous
connaîtriez une véritable horreur,

celle que vous inspirerait ma situation; et néanmoins, je prends à témoin le Dieu que je redoute, jamais
je n'ai eu à rougir de mes actions;
elles furent toujours avouées par la
vertu la plus pure, et si je me suis fait
mal à moi-même, du moins aucun reproche n'a pu préparer ce moment
douloureux. Cessez, je vous supplie,
de me presser encore; laissez-moi
m'envelopper de mystère. Je ne demande rien aux hommes, je ne voudrais obtenir sur la terre que la paix
du cercueil, et elle m'est refusée. »

Après ces derniers mots, Alinska
exprimant tout son désespoir par un
regard sinistre, se leva du siége où
elle s'était assise, et prenant congé de

madame Delmont, elle passa dans sa chambre.

« Singulière personne, dit Hélène en la voyant s'éloigner, inexplicable créature ! qui est-elle ? qu'a-t-elle fait ? pourquoi est-elle venue dans cette contrée ? Que dis-je ! dois-je me plaindre, n'a-t-elle pas assez de ses chagrins, et me paraîtrait-elle coupable, par cela seul qu'elle se refuse à satisfaire ma curiosité ? Son histoire doit pourtant être bien intéressante ; il est impossible que cette infortunée n'ait pas bu à longs traits dans la coupe du malheur. »

Le monologue de madame Delmont prit fin en cet endroit. Elle se mit à l'ouvrage après avoir fait revenir sa fille, et elle demeura plongée dans ses réflexions jusqu'à l'arrivée de son époux et du Docteur, qui tous les deux parurent ensemble.

« Pauvre ami ! dit la maîtresse du château à Mélervant, vous êtes à plaindre. On vous refuse, sans vous laisser le moindre espoir, non qu'on méconnaisse votre mérite, mais par la seule raison que le cœur de la sauvage étrangère est trop rempli par un sentiment inconnu, pour qu'il soit possible d'y en admettre quelque autre. Je ne vous répéterai pas la bizarre conversation que j'ai eue avec la belle Hongroise : qu'il vous suffise de savoir qu'elle ne m'a rien appris, et que vous n'êtes pas heureux. »

Le Docteur, loin de se contenter de ces paroles, insista pour qu'une plus ample explication lui fût donnée. Vainement madame Delmont eût voulu l'éluder : elle dut rendre compte de tout ce qui s'était dit, des moindres expressions échappées à Alinska; et ce ne fut pas le colonel qui, avec le moins d'intérêt, écouta le récit de la conversation que nous avons rapportée plus haut.

« Mon amour-propre, dit ensuite Mélervant, est pleinement à couvert dans cette circonstance ; je vois que la Cruelle ressent une tendresse qui ne peut être satisfaite. Un beau dépit d'amour lui a certainement fait quitter son pays; ce parti est violent, je ne l'imiterai point : et puisqu'elle ne veut pas devenir ma femme, je chercherai à rester son ami.

— Voilà, repliqua le colonel, rompant enfin son long silence, voilà parler en homme raisonnable. Plus de soupirs, croyez-moi; affectez une profonde indifférence, et peut-être le moins que vous y penserez verrez-vous s'apitoyer à votre sujet cette âme maintenant si altière. »

Le Docteur, quoique vivement peiné, dissimula de son mieux l'état de son cœur. Il n'abandonnait pas le sentiment qui l'enflammait, car lui aussi connaissait tout le prix du temps : il se plut à confier à ce vieillard, qui donne à tout une face nou-

velle, le soin de ses plus chers in-
térêts.

A l'heure du dîner Alinska fit dire
que, se trouvant légèrement incommodée, elle prendrait son repas dans
sa chambre. On crut d'abord que
c'était une défaite pour ne pas se rencontrer avec le Docteur ; mais Germaine, qui fut la servir, annonça
qu'elle était extrêmement pâle et
qu'elle paraissait violemment agitée.

CHAPITRE XVIII.

Au jour suivant, Alinska, sortant de sa retraite, parut ne conserver aucun souvenir de l'entretien qu'elle avait eu avec madame Delmont. Mélervant était encore au château ; elle le traita comme à l'ordinaire, sans mettre rien de particulier dans sa conduite à son égard. Mais si envers lui elle se montra indifférente, il n'en fut pas de même vis-à-vis Édouard. Elle tourna à plusieurs reprises les yeux sur celui-ci, avec une

expression de mécontentement et de
courroux dont il fut presque effrayé.
Elle prit pour lui des manières brus-
ques à la fois et familières, qui pouvaient faire deviner qu'ils n'étaient
point étrangers l'un à l'autre, si les
deux autres membres de la compagnie n'avaient pas eu la conviction
que la raison de la Hongroise était
par temps affaiblie.

Le colonel, qui, au contraire, connaissait la vérité, frémissait de ce
nouveau caprice. Plus Alinska lui
redevenait chère, plus il eût voulu
que l'on ne pût s'en apercevoir, et,
plus que tout autre, il redoutait sa
femme, dont une imprudence pouvait éveiller la jalousie. Lui, de son

côté, essayait de se faire comprendre :
il suppliait Alinska, par ses regards,
de le ménager, de lui tenir la promesse qu'elle lui avait faite ; mais ses
efforts, ses gestes étaient inutiles,
elle n'en continuait pas moins son
manége. Sur ces entrefaites, un mes-
sager vint chercher le Docteur pour
qu'il accourût donner ses soins à un
voisin du château qui se mourait d'apo-
plexie ; en même temps madame Delmont eut besoin de passer dans sa
chambre, et les ennemis se trouvèrent en présence.

« Vous ne vous souvenez plus de
la parole que vous m'aviez engagée?
dit précipitamment le colonel à la
Hongroise.

— Vous aviez oublié, lui répliqua-
t-elle, que votre cœur me fut promis.
Encore une fois, ô le plus fourbe des
hommes ! oserez - vous me reprocher
de fausser mes sermens ? Je tiens à
votre égard la conduite qu'il me plaît ;
mais ce n'est pas ici le lieu de nous
faire des reproches. Il faut que je
vous parle, il le faut absolument.

— Quand ?

— Ce soir, à minuit.

— Où ?

— Dans la grande salle ; là, personne ne viendra nous interrompre.

— Que me voulez-vous ?

— Vous le saurez.

— Si on nous surprend ?

— Soyez sans inquiétude.

— Cela tournera mal.

— Viendrez-vous ?

— Je crains.

—Tremblez, si je vous attends vai-

nement. »

Madame Delmont, revenant alors, mit fin à cette conversation rapide, qui avait lieu à demi-voix. Elle survint si inopinément, que son époux en parut troublé; et elle surprit un mouvement qui eût pu lui expliquer beaucoup de choses, si elle n'eût pas été dans une complète sécurité. Jamais, depuis l'entrée d'Alinska dans le château, celle-ci n'avait paru de meilleure humeur. Elle sortit de sa mélancolie journalière, elle fut presque gaie, et ses efforts parvinrent à arracher à Hélène un demi-sourire, le premier qui eût effleuré ses lèvres depuis qu'elle pleurait la perte de son fils.

Delmont, loin de partager la gaîté d'Alinska, devenait toujours plus sombre et plus triste, à mesure que le soleil descendait vers le couchant. A peine ouvrit-il la bouche tout le temps du dîner; une vague inquiétude l'agitait; il n'osait porter ses yeux ni sur Alinska, ni sur sa femme. L'entrevue à laquelle il devait se rendre l'agitait vivement; il redoutait que, par un cas fortuit, il ne fût rencontré à cette heure avancée en conversation avec la Hongroise. Il savait combien on a de peine à retenir

l'indiscret bavardage d'un domestique, et il savait que de cette parti-
cularité dévoilée dépendait le repos
de son ménage.

Enfin chacun se retira dans son appartement. Madame Delmont, qui,
depuis une semaine, semblait abattue
et se plaignait souvent d'une faiblesse
générale dans tous les membres qui
la fatiguait beaucoup, fut la première
à se coucher. Elle renvoya bientôt
Germaine, l'engageant à se mettre
elle-même au lit. Delmont, qui était
aussi passé dans sa chambre, au lieu
de se déshabiller, s'assit sur un fauteuil, et là, tremblant comme le cri-
minel qui va commettre une nouvelle
action coupable, il attendait sans im-

patience que l'heure convenue son-
nât. Dans une situation pareille, tout
blesse, tout inquiète. La nuit courait
trop vite aux désirs de ce personnage;
il eût voulu retarder la marche du
temps; mais celui-ci, réglé dans sa
course, cheminait d'un pas égal : il
sonna, en passant, l'heure de minuit,
et continua de s'éloigner comme il le
fait sans cesse. Lorsque le douzième
coup eut retenti, Delmont se leva en
soupirant, et s'achemina, sans prendre de flambeau, vers la grande salle,
où Alinska devait venir de son côté.

L'entière obscurité qui régnait dans
cette vaste pièce, le froid aigu qui
pénétrait par des fenêtres mal fer-
mées, la crainte d'être découvert,

tout se réunissait pour donner à Delmont un frémissement tel que jamais
il n'en avait éprouvé de semblable,
lorsqu'en face de cinq cents bouches à
feu, il attendait la mort dans la position immobile que son devoir lui assi-
gnait. Mais alors il était en paix avec
son cœur, rien ne le troublait, sa
conscience était tranquille; maintenant il se trouvait en contradiction
avec lui-même; il venait aux ordres
d'une femme qui ne pouvait plus con-
tribuer à son bonheur, et qui pouvait
plutôt le détruire. D'une autre part,
lui était-il possible de la refuser? n'a-
vait-il pas à redouter que, par une
violence naturelle à son caractère,
elle ne révélât publiquement le fu-

3.   4

neste secret qui leur était commun? et
Delmont croyait qu'il devait tout faire
pour retenir une amante insensée.

Elle ne tarda pas à paraître : elle
entra par la porte de l'escalier, vêtue
de blanc, voilée à demi sous un immense schall noir, qui lui donnait la
sinistre apparence d'un spectre, que
ne démentaient pas son regard atone,
ni la pâleur extrême de son visage.
Elle portait un flambeau, qu'elle posa
précipitamment sur le plancher, lorsqu'elle eut reconnu le colonel; et,
s'avançant vers lui avec l'apparence
d'un contentement mélancolique, elle
lui exprima combien elle était satisfaite de son exactitude au rendez-vous.

« Je serai toujours empressé de me

rapprocher d'Alinska, lorsqu'elle voudra me voir, surtout depuis qu'elle m'a donné l'assurance......que.....

—Édouard, je vous en prie, cessez de me rappeler une parole qui me coûte trop à tenir. Quoi ! me faudra-t-il déguiser sans cesse ? ne pourrai-je lutter contre vous avec tous les avantages de ma position, lorsque je vous vois chercher les moyens de m'éloigner, lorsque vous secondez les prétentions extravagantes dont ce matin on n'a pas craint de me faire part ?

—Croyez, Alinska, que, tout autant que vous, j'en ai souffert lorsqu'on me les a fait connaître : il m'était déjà insupportable de les soupçonner ; mais que pouvais-je faire ?

garder le silence, et vous laisser agir.
J'espérais. . . . . . . je savais, veux-je
dire, que votre réponse serait néga-
tive, et dès lors, j'avais l'assurance
qu'on ne vous persécuterait plus. »

Un rayon de joie brilla, à ces
derniers mots, dans les yeux d'A-
linska.

« Vous espériez ! dites-vous ; ah !
pourquoi ne puis-je à mon tour concevoir aucune espérance? Je suis le témoin d'un bonheur qui m'est odieux,
et que je ne goûterai jamais. Il faut
que je m'arrache d'un lieu qui me
devient insupportable. Je vous ai vu,
j'ai consommé mon infortune : il ne
me reste plus qu'à m'éloigner.

— Vous partiriez ! Alinska ; vous !

ah ! quelle injure vous feriez à notre
amitié !

—A votre amitié ! Édouard, il m'importe fort peu de l'offenser ; quoique
j'aie pu dire, je ne vous la demande
pas, lors même que vous me l'offri-
riez avec sincérité. Mon lot me suffit, et je m'y tiens (poursuivit-elle
avec un sourire empreint d'une infernale malignité). Mon départ, en
vous délivrant de ma présence, vous
rendra le calme qu'elle vous a ravi.
Vous ne frémirez plus, comme quand
je me montre à vous, ou lorsque je
vous parle ; vous ne serez plus dis-
trait de l'amour que vous inspire celle
que vous me préférez.

Ici un coup d'œil jeté par Alinska

sur la physionomie de celui qui l'é-
coutait, lui prouva qu'elle se plaignait
à tort. Cependant elle n'eut garde de
faire connaître ce qu'elle avait en-
trevu.

« Vous êtes la maîtresse de rester
ou de partir ; je ne sais même si je ne
devrais pas vous engager à prendre
cette dernière résolution. Mais soyez
persuadée que mon cœur ne demande
point votre absence : il serait content
près de vous, s'il ne vous craignait
plus ; il sent plus que jamais combien
vous êtes séduisante, et désormais je
dois vous mêler à tous mes projets de
prospérité.

— Eh ! quelle place m'y donneriez-
vous ? à quel rang près de vous me

serait-il permis de paraître? Vous ne
me répondez pas; que dois-je augu-
rer de ce silence?

— Il vous explique mon embarras.
Que puis-je vous dire pour vous contenter? Les nœuds qui m'attachent
sont indissolubles.

— Oui, indissolubles, comme tout
ce qui est chez les hommes, comme
tout ce qui existe,... jusqu'à la mort. »

Il y avait dans le ton avec lequel
furent prononcées ces dernières paroles un sens tellement mystérieux,
une expression tellement atroce, que
Delmont, en tressaillant, recula d'un
pas, portant aussitôt son regard sur
les yeux d'Alinska; mais il les vit, à
la faible clarté qui l'éclairait, remplis

de cette indifférence particulière qui les animait presque toujours. Nulle gêne ne se montrait dans la contenance de cette jeune personne ; tout en elle était tellement en désaccord avec ce que le seul son de sa voix paraissait avoir voulu dire, que Delmont fut sur le point de croire que ses oreilles l'avaient trompé. Il chercha même à se le persuader, et ne témoigna rien de son secret mécontentement.

Un instant de silence s'ensuivit. Alinska paraissait peu disposée à le rompre ; Edouard continuait à réfléchir sur ce qui venait de se passer : tous deux semblaient avoir trop à se dire pour commencer à s'interroger de nouveau. Cependant ce jeu muet devait avoir un terme : ce fut la Hongroise qui la première reprit la parole.

« Vous rêvez bien profondément, Edouard , dit-elle, vous occupez-vous du passé , ou songez-vous à former des plans pour l'avenir?

— Non, je ne porte mes regards ni en avant ni en arrière ; le présent seul m'agite ; je ne vois que lui, il me jette dans un embarras inexprimable, ne pouvant accorder tant de sentimens opposés.

— Ne vous révoltez point si je vous fais la confidence que votre faiblesse m'est connue. Vous êtes incapable de prendre un parti, vous savez à peine ce que vous souhaitez, et je ne sais pourquoi la fortune a rapproché mon

3.   5

âme ferme de la vôtre, qui n'a jamais
pu se roidir contre la difficulté.

— Ah! tout vous est permis,
Alinska, je vous autorise à m'accabler de toutes manières; mais si vous
pouviez examiner ce qui se passe dans
mon cœur, si votre position était la
mienne, je voudrais voir comment
vous en sortiriez.

— Après quelques réflexions, ma
résolution serait bientôt prise : je pé-
serais les divers motifs qui se présen-
teraient à moi, je choisirais, et dès
lors je m'avancerais avec hardiesse
dans le chemin que je me serais tracé.

— Et si cette route vous écartait
de la bonne voie ; si elle vous conduisait au crime ou à l'erreur ?

— Je ne laisserais pas que de m'y engager, si une fois elle m'avait paru préférable, l'indécision est le pire des maux. Mais dans votre situation vous êtes-vous bien rendu compte de ce qui vous embarrasse? Savez-vous très-certainement où est le mal, où est la vertu? Des deux côtés les chances ne sont-elles pas égales? N'étiez-vous pas à moi, par exemple, avant d'appartenir à une autre? Depuis quand des droits nouveaux ont-ils effacé la priorité des anciens?

— Alinska! que me faites-vous entendre? que me demanderiez-vous?

— Tout ou rien, Edouard; vous frémissez! vous n'êtes pas digne de m'entendre.

—Quoi! j'abandonnerais une femme à laquelle je ne pourrais adresser aucun reproche! je me séparerais d'un enfant!....

— Tout ou rien, je vous répète; de quoi vous plaignez - vous lorsque je vous accorde le libre arbitre, lorsque je vous laisse dans la position où vous êtes, me contentant de vous montrer que deux voies se présentent à vous pour en sortir?

— Enchanteresse, dans quel piége m'enlacez-vous? Non, Alinska, quoi que je puisse éprouver pour la première femme qui me donna de l'amour, je ne consentirai jamais à me flétrir aux regards du monde, en abandonnant l'être vertueux que vo-

lontairement j'ai environné de ma tendresse si bien méritée. Je suis, je
dois être à elle tant qu'elle vivra. »

— Sans doute vous ne pouvez la
fuir sans vous entacher, et votre ré-
putation m'est précieuse : mais à vous
ouïr on dirait que cette femme n'est
pas mortelle, ou que maintenant elle
a fait un pacte avec l'éternité.

— Alinska, vous me faites frémir;
je ne veux pas vous entendre; peut-
être même ne comprenez-vous pas
la force de vos expressions. »

Un sourire sinistre fut la seule réponse de la Hongroise; et dans ses
yeux, qu'elle porta sur ceux du colonel, elle exprima toute la profondeur de sa pensée, de manière à faire

disparaître tous les doutes que le premier pouvait former.

« Non, non, cent fois non, à toutes mes fautes je n'ajouterai pas le crime. Barbare fille, vous me faites horreur!

— Oui, je le sais, vous étiez moins coupable lorsque vous brisiez mon cœur; lorsque, par votre conduite, par votre indigne lettre, vous guidiez le poignard qui m'a frappé. (Ici, en disant ces mots, elle écarta ses vêtemens, et montra la blessure ouverte sur son corps, presque dans le cœur, encore toute saignante.) lorsque mon père, ma mère, dans leur désespoir, trouvèrent leur seul refuge dans la mort. Non sans doute, ce n'était pas un forfait. Edouard était alors, il est encore le plus innocent, le plus vertueux des hommes. C'est moi qui suis une vile créature, mais l'enfer est là placé entre nous, et il se connaît en scélératesse : je lui remets le jugement de notre discussion.

— Oh! désespoir! oh! frénétique Alinska! à quelles dures extrémités vous êtes-vous portée! quoi! votre sang a coulé, et c'est votre main qui l'a répandu! quoi! par cette action vous avez enlevé la vie à vos respectables parens!

— Non pas moi, Edouard, non pas moi; je ne suis pour rien dans cette fatale catastrophe; vous seul, c'est vous uniquement, vous qui l'avez décidée. Je fus l'instrument dont vous vous êtes servi pour anéantir toute une famille ; elle a disparu de la terre, et cependant vous dormirez tranquillement, ou votre sommeil ne sera troublé que par l'horreur que désormais je vous causerai. Adieu, artisan de toutes mes misères, ennemi qui m'avez enlevé sans retour ma part dans ce ciel que je n'ose plus regarder, qui avez consommé ma ruine éternelle !

—Vous m'accablez ; je suis anéanti ; à peine sais-je si j'appartiens encore à l'existence. Mais pourquoi vous désespérer ? Mes fautes furent bien grandes ; j'en espère cependant la rémission ; et vous, que le délire d'une

passion funeste entraîne loin du bien,
croyez que par le repentir vous pourrez encore….

— Le repentir! s'écria la Hongroise,
en laissant échapper un éclat de rire
affreux qui troubla la profonde paix
de la nuit, le repentir! il n'y en a
plus pour moi, je ne saurais où le
prendre; je l'ai laissé dans ma chau-
mière, avec le reste de mes sentimens
humains. J'ai pris ma course; il me
serait maintenant impossible de reprendre tout ce que j'ai abandonné
derrière moi. Il ne me reste plus qu'à
poursuivre mon chemin; je sais déjà
la récompense qui m'attend au bout
de mon voyage, j'ai goûté même une
portion de son ineffable douceur. »

L'amère, la sombre ironie qui se montra dans ce discours, le ton indéfinissable avec lequel il fut prononcé, jetèrent le colonel dans un trouble sans exemple. Il voyait devant lui une femme parée de tous les charmes de la jeunesse et de la beauté, qui pouvait encore fournir une longue carrière, et qui succombait sous le fardeau du remords. Sa raison affaiblie par les infortunes, par les préjugés de son enfance, ne lui présentait que des tourmens dans l'avenir. Elle s'exagérait la masse de ses erreurs, elle croyait sans doute avoir à rendre à la Providence un compte beaucoup plus grand que celui qu'elle avait à régler réellement :

cependant elle n'en était pas moins malheureuse, car ce n'est point sur la masse réelle de nos infortunes que le vulgaire doit juger du poids de nos souffrances, mais bien sur la manière dont nous les entendons. Notre premier ennemi est dans nous-mêmes; une brillante imagination allége de violens chagrins; une imagination mélancolique rend positivement affreuses et destructives des peines qui semblent légères aux autres.

Ce fut d'après cette base que Delmont apprécia tout ce qui se passait de douloureux dans l'âme de sa victime. Emu d'une tendre pitié, sous laquelle un plus doux sentiment se cachait à cette heure, il ne conserva

plus qu'une pensée, celle de consoler
Alinska; de chercher à la ramener
d'abord au calme, pour la conduire
ensuite au bonheur. Il se rapprocha
d'elle, et tâcha avec sa main de saisir
celle qu'Alinska tenait toujours couverte. Ce geste, dont elle devina le
but, la fit tressaillir; elle fit un mouvement en arrière :

« Non, non, Edouard, ne m'é-
prouvez plus, je vous ai dévoilé toute
ma faiblesse; j'ai cédé même, en
vous parlant, à un transport d'égarement dont je rougis à cette heure.
Il ne me reste plus qu'à terminer
cette conversation, qu'à vous rappeler au motif qui m'avait porté à vous
voir. Je ne dois plus rester dans cette

demeure ; il convient que je m'en
éloigne sans retard. Ne songez point
à combattre ma résolution, elle est
invariable. Je quitterai le château dès
qu'il sera jour. Je me suis occupée de
faire reconstruire la maison que le
feu avait consumée ; on m'a appris
avant-hier que je pouvais aller l'habi-
ter. J'y rentrerai pour ne plus en
sortir sans doute : pour vous, qu'aucune crainte ne vous retienne plus.
C'était pour m'éviter que vous aviez
quitté les plaisirs de la capitale de la
France ; allez librement en goûter de
nouveau les délices, je ne vous y
poursuivrai point de ma présence, je vous laisse la liberté ; et dès
cette heure je vous délivre de tou-

tes les terreurs que je vous ai causées.

— Je ne puis consentir à ce que vous voulez faire. Attendez, pour nous quitter, encore quelque temps. Devez-vous aller dans une maison nouvellement construite, au milieu de l'hiver ? Vous ignorez peut-être combien l'humidité des murs est à craindre.

— Pour vous, peut-être, et nullement pour moi. Je l'ai trouvée plus entière dans une autre demeure, et pourtant vous me voyez ici. Mon parti est arrêté : un motif plausible que je mettrai en avant, ne donnera pas la possibilité de se douter de la cause véritable ; je feindrai de craindre les importunités du Docteur, d'avoir plus

que jamais un vrai besoin de la retraite ; et le moment premier écoulé,
croyez que nul ne songera plus à moi. »

Le colonel, vivement affligé de cette
détermination, bien revenu d'ailleurs
des funestes idées que quelques paroles indiscrètes échappées à la Hongroise avaient pu faire naître dans
son esprit, essaya de la fléchir : elle
se montra inexorable. Lassé des supplications auxquelles elle ne voulait
plus se rendre, elle courut à son
flambeau, le prit, et soudain elle
s'éloigna, sans écouter les instances
qui lui étaient vivement adressées. Le
colonel, à son tour, repassa dans sa
chambre, et ce ne fut pas le sommeil
qu'il rencontra dans son lit.

CHAPITRE XIX.

A l'heure du déjeûner, Alinska parut dans la salle à manger comme à l'ordinaire. Le calme de sa contenance, l'expression indifférente de ses regards, ne permirent pas à madame Delmont de soupçonner la résolution qu'elle avait prise. Le colonel même y fut presque trompé; la venue d'Alinska l'avait surpris agréablement : il craignait que déjà elle n'eût effectué sa fuite, et il conçut l'espoir que peut-être elle l'avait

ajournée, si elle n'y renonçait pas
entièrement. Elle se montra toujours
égale; elle parla de l'ouvrage qu'elle
voulait faire entre ses repas, sans que
rien rappelât ce qu'elle avait dit la
nuit précédente. Elle entra dans le salon, s'assit à son métier, et travailla,
selon son habitude, avec une extrême attention. Un paysan, sur ces entrefaites, ayant fait demander M. Delmont, celui-ci se rendit dans son
cabinet, où il traitait toujours les af-
faires de ce genre. Dès qu'il se fut
éloigné, Alinska se leva, et sortit
comme pour passer dans sa chambre,
sans dire le motif qui la faisait partir.
Madame Delmont savait combien la
moindre question pouvait lui déplai-

3.   6

re ; aussi ne lui en adressait-elle jamais.

Une heure s'écoula , et la Hongroise
ne revint pas. Edouard en rentrant
remarquant son absence , demanda à
sa femme ce qu'elle était devenue.

« Elle s'est éloignée peu après
vous , mon ami ; je croyais qu'elle
allait quérir des laines qui pouvaient
ne pas être sous sa main : mais voilà
assez de temps écoulé depuis qu'elle
est sortie, et elle ne reparaît pas. »

Cette simple et naturelle réponse
causa un vif désespoir à celui qui l'entendit. Il vit alors la vérité ; il devina
combien il avait eu tort de croire
qu'Alinska eût remis à une autre époque l'accomplissement de son projet ;
car il ne douta point qu'elle n'eût

quitté le château. Cependant, cherchant à surmonter son émotion qu'il
craignait de faire paraître, il affecta
une indifférence qui bien certainement
ne pouvait être dans son cœur, espérant encore, mais craignant avec plus
de certitude la prochaine confirma-
tion de ce qu'il redoutait : cette con-
firmation ne se fit pas attendre long-
temps. Après un très-court intervalle,
le nouveau domestique qui avait rem-
placé Raoul parut dans le salon, portant une lettre qu'il remit à madame
Delmont : elle était d'Alinska, dont,
pour la première fois, on voyait l'é-
criture.

» Je dois, madame, mandait cette
» fille infortunée, vous faire des ex-

» cuses sur la brusque manière dont
» je me sépare de vous. Je suis reve-
» nue dans ma première demeure,
» honteuse de vous avoir causé tant
» d'embarras, et remplie de recon-
» naissance pour vos bontés. Pour-
» quoi ne m'est-il pas permis de vous
» en donner la preuve? Une fatalité
» sans exemple me pousse toujours
» à agir contre ma propre volonté :
» c'est pour moi un constant, un hor-
» rible supplice. Je n'ai trouvé en
» vous que la plus parfaite obligean-
» ce; et cependant il faudra.... par-
» donnez à mon égarement, qui ne
» me laisse pas le libre exercice de
» mes facultés morales; je ne sais ce
» que je veux, trop fâchée seulement

» de connaître ce que je puis. J'aurais
» aimé à rester dans votre château ;
» mais il eût fallu alors me résoudre
» à voir souvent un homme que ses
» sentimens pour moi me contrai-
» gnent à éviter ; il eût été injuste de
» songer à vous priver de ses visites.
» Il a été alors nécessaire que je
» prisse mon parti. Me voici chez
» moi ; j'y suis rentrée avec tous mes
» goûts pour la retraite la plus abso-
» lue ; je ne la romprai que lorsque
» je pourrai, sans crainte de faire une
» rencontre importune , aller vous
» assurer moi-même de tout ce que
» je ne vous exprime que bien fai-
» blement. »

A la suite de ces phrases et de

la signature qui portait le simple nom d'Alinska il y avait quelques mots de politesse pour le colonel.

« Voilà, par exemple, dit madame Delmont, après avoir fait à haute voix la lecture de cette lettre, une façon bien singulière de nous quitter. Tout en vérité doit être bizarre et mystérieux au sujet de cette femme. Concevez-vous qu'au milieu de l'hiver, dans une maison nouvellement bâtie, dont les plâtres ne peuvent avoir perdu leurs émanations malfaisantes, elle se retire pour fuir un homme qu'une seule parole aurait contenu ? Il faudra lui envoyer ses hardes ; elle ne les aura pas sans doute prises, afin de mieux nous tromper. »

Delmont essaya de balbutier une réponse qui eût l'air d'être indifférente, et il eut beaucoup de peine à y parvenir. Madame Delmont, par bonheur pour lui, toujours préoccupée de sa première idée, sonna pour que Germaine montât. Celle-ci, en paraissant, se hâta de vouloir lui apprendre ce qu'elle savait déjà; elle ajouta néanmoins qu'en même temps que la lettre de l'étrangère était arrivée au château, il y était venu pareillement une charrette qui devait emporter la malle et les effets de cette dame. Le colonel donna l'ordre qu'ils fussent livrés sur-le-champ; et satisfait de trouver un prétexte pour se rendre à lui-même, il sortit en disant qu'il allait présider à l'enlèvement des divers objets que la Hongroise réclamait. Libre alors, il put respirer plus à son aise, et tandis que son corps était dans le château, son âme ou sa pensée errait en des espaces imaginaires.

Le départ inopiné d'Alinska devint un nouvel aliment pour la curiosité des habitans de la contrée. Monsieur Berneval, qui n'aimait point cette belle personne, fut le premier à répandre des bruits malins sur le motif qui avait nécessité cette retraite. La méchanceté humaine, quand elle s'exerce contre un but, frappe à tant de portes que souvent elle rencontre le véritable. Ce fut d'après cette marche

constante des choses, que les com-
mères de la contrée attribuèrent l'é-
vénement dont nous parlons à une
jalousie de madame Delmont, qui
aurait été tout à coup éclairée. Ces
rumeurs ne dépassèrent point par
bonheur le rez-de-chaussée du château; elles n'arrivèrent pas jusques
aux maîtres : le Docteur seul en eut
connaissance, et quoique bien porté
à juger le colonel, il était encore trop
rempli de son amour pour recevoir
avec indifférence une telle communi-
cation. Il se rappela une foule de par-
ticularités auxquelles dans le moment
il n'avait point pris garde, et qui
maintenant lui fournissaient un fais-
ceau de lumières. Mais néanmoins, en

homme prudent, il se garda de faire part aux indifférens de ses découvertes ; il préféra s'expliquer sur ce point en toute franchise avec le colonel, la première fois qu'il en trouverait l'occasion.

A cette même époque la santé de madame Delmont s'altéra plus sensiblement. Son cœur, toujours brisé depuis la mort du jeune Eugène, avait sans doute renfermé la plus forte portion de sa douleur. Une telle retenue, en corrompant sa vie dans sa source, l'avait entièrement accablée : elle éprouvait surtout une difficulté extrême à respirer ; elle perdait ses forces, et tombait insensiblement dans un marasme qui pouvait la conduire au tombeau.

Le Docteur , vraiment homme de
mérite , étudiait avec perspicacité les
symptômes d'une maladie qui se présentait sous les mêmes aspects de
celle dont les résultats avaient fait
périr le fils de madame Delmont. Un
épuisement extrême, un besoin con-
tinuel de prendre quelque nourritu-
re, des sueurs légères et permanentes, tout se reproduisait d'une pareille façon. Hélène, sans connaître
le péril qui la menaçait, devenait
morne et mélancolique; elle se rapprochait davantage de son époux; elle
paraissait l'aimer plus encore, au
moment où elle allait peut-être le
quitter pour toujours. Delmont était,
de son côté, bien loin de croire à un

danger aussi imminent. Troublé dans toutes ses affections par la conduite d'Alinska , s'apercevant avec effroi que cette jeune personne reprenait sur lui un ascendant dont il redoutait les suites, il eût voulu se dérober à lui-même, et éviter d'approfondir tout ce qui se passait dans son âme.

Tantôt il était charmé de la fuite d'Alinska; il se flattait qu'elle lui assurait par là le repos de sa vie, la tranquillité de sa maison. Tantôt il soupirait après le retour de l'Etrangère; il lui semblait que depuis son départ le château de R*** n'était plus qu'une vaste solitude. Souvent il entrait dans la chambre qu'Alinska avait occupée, il s'imaginait l'y revoir;

il s'asseyait sur le fauteuil qui lui avait servi, agitait les rideaux du lit où elle reposait, et portant sur tout l'ameublement un regard mélancolique, il suppléait à l'absence de celle qui avait habité ces lieux, par les illusions d'une imagination active suivant dans sa marche désordonnée les caprices d'un cœur tourmenté.

Plus d'une fois un noble sentiment ramenait cet homme entraîné à la vraie convenance de ses devoirs. Alors, honteux de sa faiblesse, repoussant un délire qui le déshonorait, c'était auprès de sa femme, de sa fille, qu'il venait chercher de plus pures idées. Il se demandait si Hélène n'était pas la même

qui, durant des années, l'avait con-
duit au bonheur ; il cherchait par
quelle faute elle avait pu démériter
à ses yeux. Rien dans sa conduite
comme dans ses vertus n'avait failli :
elle possédait également ces attraits
dont il s'était autrefois montré si
épris, et dont le triomphe avait si
souvent charmé son orgueil. Dans
ces momens, l'image d'Alinska s'af-
faiblissant par degrés, disparaissait
presque insensiblement de sa pensée ;
elle ne s'y montrait que comme un
nuage léger qui ne tarderait pas à
s'effacer entièrement. Mais ces heures
de raison devenaient elles-mêmes rapides, elles étaient promptement
suivies par des retours d'extravagan-

ce et de folie. Alinska, parée de l'attrait tout puissant dont est investi
l'objet qui n'est pas encore possédé,
revenait victorieuse se replacer dans
une âme qui l'avait bannie à regret.
Edouard, pour s'excuser vis-à-vis
de sa conscience, observait que cette
belle créature était son premier
amour; que c'était par un serment
antérieur et solennel qu'il s'était li-
vré à elle; que des nœuds indissolubles l'avaient d'abord attaché, et que
ceux contractés par la suite ne pouvaient avoir la force des premiers.
Cédant ensuite à sa renaissante passion, accrue de toute l'impétuosité
qu'elle pouvait acquérir par les obstacles qui lui étaient opposés, il appe-

lait Alinska, la nommait son amante bien-aimée, et puis, par degré, tombait dans une sombre apathie dont il ne se relevait qu'en rougissant.

Ces combats, renouvelés sans cesse, dévoraient son âme. Il était en opposition permanente avec lui-même, et cherchait à dissimuler ce trouble intérieur ; mais, dans le calme de la nuit, ou lorsqu'une course rapide l'avait emporté loin de l'enceinte du château, lorsqu'il se trouvait seul au milieu d'un bois dépouillé de sa verdure, alors il s'abandonnait à ses rêveries, il exprimait la violence de ses pensées par l'énergie de ses mouvemens : on eût dit, en le voyant se débattre, que, comme le Lucifer de

Milton, il insultait à la majesté du
soleil.

Quelques jours s'écoulèrent, tandis qu'il vivait parmi ces angoisses
permanentes. Madame Delmont, pareillement, devenait plus souffrante :
elle n'avait pu, comme elle en possédait le désir, se transporter à la nouvelle demeure d'Alinska ; et celle-ci,
toujours solitaire, n'était point reve-
nue au château : elle se contentait de
temps en temps de s'informer, par le
ministère d'un paysan, de l'état de la
santé de son ancienne amie. Mélervant, au contraire, se montrait souvent ; il cherchait, comme nous l'a-
vons dit, l'occasion d'entretenir le
colonel ; et par suite il donnait tous

ses soins à madame Delmont, qui paraissait décliner d'une manière sensi-
ble ; il multipliait les questions, afin
de parvenir à connaître la cause première de ce mal, qui n'éclatait que
par ses effets ; et les réponses qu'il
recevait étaient loin, par leur ambi-
guité, de le satisfaire. Delmont, d'accord avec lui sur ce point, engageait
sa femme à bien se rappeler depuis
long-temps tout ce qu'elle avait fait,
qui pouvait lui devenir funeste.

« Je ne me rappelle rien, dit-elle,
j'ignore pourquoi je souffre à ce
point. Vous verrez, mon ami, que je
succomberai de même que mon fils,
et par une égale catastrophe.

— Que dites-vous là, madame ? dit

le Docteur en l'interrompant ; votre
affection douloureuse n'a aucun rapport avec celle de votre fils. Gardez-
vous surtout de vous familiariser avec
une semblable idée ; elle suffirait pour
aggraver votre état. »

Madame Delmont, loin de paraître
détrompée, répondit avec un sourire
mélancolique, qui seul eût annoncé
combien son moral était affecté :

« Je sais que l'on voudra me tromper sur ce point ; je paraîtrais dérai-
sonnable, si j'expliquais toute ma
pensée : cependant je ne me trompe
pas ; je sais ce que je suis, je sens ce
qui me frappe.

— Ce discours, madame, répliqua
Mélervant, nous avertit que vous

réservez quelque chose dont vous croyez devoir nous faire un secret. Ce n'est pas bien ; une telle résolution pourrait avoir des conséquences dangereuses. Ne rougissez de rien ; soyez persuadée que la faiblesse humaine étant portée à l'excès, ne peut paraître ridicule dans les combinaisons bizarres qu'elle peut faire , surtout lorsque la maladie laisse à l'âme moins d'énergie. Quelle que soit l'idée qui vous frappe , l'erreur dans laquelle vous vous complaisez, en nous la dévoilant vous vous rendrez un grand service ; vous me mettrez peut-être sur la route qui me conduira à vous redonner la santé : que nous apprenions enfin lequel est le plus agité de votre corps ou de votre imagination. »

Hélène refusa long-temps avec per-
sévérance à faire mieux connaître
l'opinion qu'elle avait de son état.
Delmont, vivement ému dans cette
circonstance où il commençait à la
voir dépérir, se joignit au Docteur.
Ses prières furent si instantes, qu'Hélène, n'osant plus lui résister, avoua
qu'une pensée bien singulière la troublait sans relâche ; mais en même
temps elle déclara que jamais elle ne
pourrait l'expliquer qu'à son époux,
et cela encore, sous l'expresse con-
dition qu'à son tour il ne la révélerait
pas.

Quoique ce *mezzo-termine* ne fût
pas tout ce que le Docteur souhai-

tait, force fut à lui d'y souscrire. Il se
retira sur-le-champ, après avoir fait
la promesse de ne jamais questionner
le colonel sur ce qu'on allait confier
à celui-ci, et s'engagea de revenir le
lendemain, parce que sa présence
rassurait quelque peu madame Delmont.

Lorsque cette dernière se trouva
seule avec le mari, elle cacha sa tête
dans ses mains, paraissant craindre
d'être interrogée: lui aussi redoutait
de le faire, tremblant que sa femme
lui avouât qu'elle avait eu connaissance, ou de son amour passé avec
la Hongroise, ou de la flamme malheureuse que des circonstances fatales
avaient rallumée. Cependant il fal-

lait bien qu'il prît la parole, et, s'an-
nonçant d'une voix altérée, il demanda à Hélène si elle voulait bien
déposer dans son sein la confidence
qu'elle avait promise.

« Ah ! Delmont, dit-elle, comment
pourrai-je me résoudre à vous confier une chose pareille ? et comment
me traiterez-vous lorsque vous saurez le secret de ma folie ?

— Toujours avec amitié ; car je ne
puis croire que, dans vos noires vapeurs, vous doutiez de mon attache-
ment.

— Eh ! pourquoi, Édouard, en
douterai-je ? Ce n'est point sur des
sujets pareils que j'ai porté mes rêveries ; je suis poursuivie par une vi-

sion odieuse...... Oh! que je vais
vous paraître ridicule !

— Non, non, Hélène, ne le crai-
gnez pas, dit Delmont avec un contentement extrême, lorsqu'il acqué-
rait la certitude que sa conduite
n'était pas soupçonnée.

— Eh bien ! mon ami, soit faiblesse, soit superstition, ou toute autre cause, il me semble que je suis
durant la nuit poursuivie sans relâche par un horrible démon, par un
monstre qui, couché sur mon cœur,
aspire dans sa bouche infernale le
sang qui coule dans mes veines; un
Vampire enfin me tourmente. Soyez-
en certain; c'est lui qui déjà a causé
la mort de mon fils, comme celle

d'une villageoise de cette commune.

— Parlez-vous sérieusement, Hélène ! n'essayez-vous pas de mêler un peu de gaîté à la confidence que j'attendais ? ou bien est-elle faite en cette révélation inconcevable ?

— Je savais bien que vous vous moqueriez de moi, qu'une raillerie répondrait à mon aveu ; mais il m'importe peu ce que vous pouvez penser, lorsque j'ai la fatale certitude de l'obsession dont je me plains. Ce n'est pas un rêve périodique que je fais chaque nuit ; l'aiguillon de la douleur, le poids de l'Être qui m'écrase, m'arrachent à mon sommeil ; mais une puissance supérieure à ma résistance contient tous mes mouvemens,

3.   8

ferme mes paupières, et surmonte
les efforts que je fais pour lui échapper. Vainement je crie, les sons meu-
rent dans ma bouche avant de parvenir à mes lèvres ; je me sens accablée;
la substance de ma vie disparaît par
degré ; des rêves affreux me tourmentent, lorsque le malin Esprit m'a
quitté, à moins que je ne jouisse d'un
réveil mille fois plus pénible. Je sens
combien je dois être plainte par vous,
à quel dernier degré vous placez ma
raison. A tout cela je ne répondrai
que deux choses : j'ai la conviction
de ce que je dis, et ma maladie demeure inconnue, tandis qu'elle fait
de rapides progrès.

— Plus vous me parlez, Hélène,

plus mon étonnement redouble. Je
ne sais que vous dire sur un sujet pareil. Ne sentez-vous pas que vous êtes
le jouet d'une triste illusion? Votre
sang agité travaille , vos digestions
sont pénibles, le cauchemar, dont les
effets vous sont connus, joue un rôle
fâcheux dans votre maladie ; mais
voilà tout : n'allez pas ajouter à vos
souffrances réelles, celles plus dangereuses encore d'une imagination
frappée. Je ne chercherai pas à vous
prouver combien est impossible la
réalité de vos craintes. Jamais la Providence n'a permis que les lois de la
nature fussent interverties d'une aussi
atroce manière ; c'est presque blas-
phémer contre elle, de croire à de

telles horreurs. Vous avez besoin de
distraction ; ce lieu ne vous convient
plus ; il faut dès demain nous rendre
à Toulouse, où nous nous établirons
jusqu'après votre guérison entière.

— Non, Édouard, je ne consentirai pas à quitter ce château. Je vous
supplie de continuer d'y séjourner :
une trop chère cause m'y attache.

— Il ne peut vous rappeler qu'un
pénible souvenir. Il ne fut pas votre
berceau ; allons plutôt à Lyon, votre
patrie, partout où vous voudrez. Il
faut que la vue de nouveaux objets
vous fasse oublier ceux qui vous
rendent mélancolique.

— Je ne veux pas m'éloigner ; si
j'allais ailleurs, on ne pourrait dépo-

ser mes restes auprès de ceux de mon
pauvre fils. »

Cette touchante réplique, qui fut
accompagnée d'un torrent de larmes,
brisa le cœur de Delmont. Lui aussi,
vivement ému, mêla ses pleurs à ceux
de sa femme. Mais néanmoins il ne
se rendit pas à ses désirs; il fit valoir
les motifs les plus puissans pour la
décider à changer de demeure; et enfin, à force de la prier, il obtint son
consentement pour aller passer quinze
jours à Toulouse. Elle lui fit en même
temps promettre qu'à cette époque,
quel que pût être l'état de sa santé, il
la ramènerait au château. Le colonel
s'y engagea sans peine, trop persuadé
que, si la maladie empirait, Hélène

ne réclamerait pas l'exécution litté-
rale du traité.

Delmont, malgré le penchant qui
le ramenait vers sa passion première,
conservait un véritable amour pour
sa femme. Elle lui devenait encore
plus chère, à cette heure, où son
esprit lui paraissait si péniblement
frappé. Lui aussi avait sa part d'exaltation ; et, tout entier à son devoir,
il oublia qu'il allait s'éloigner d'A-
linska. Mais cette pensée, lorsqu'elle
vint se présenter à son cœur, ne
put changer sa détermination ; il se
regarda comme obligé de faire ce
sacrifice. Peut-être songea-t-il que
celle dont l'amour avait franchi tant
d'espaces, et surmonté tant de diffi-

cultés pour se réunir à lui, ne serait pas arrêtée par une distance de deux heures environ. Nous n'affirmerons pas que ce fût son idée ; mais le cœur de l'homme est tellement construit, qu'il serait insensé de se flatter de pouvoir porter la lumière dans toutes ses profondeurs.

CHAPITRE XX.

Le lendemain, lorsque madame Delmont vit faire les préparatifs du départ, elle parut se repentir de l'engagement qu'elle avait pris la veille. Renouvelant alors ses instances auprès de son mari, elle eût voulu que celui-ci renonçât à sa détermination. De telles prières furent inutiles ; quels que pussent être les sentimens secrets de Delmont, il savait trop ce qu'il se devait pour faiblir dans une circonstance pareille ; il se montra fermé comme la chose l'exigeait, et les supplications d'une femme, déjà accablée par la maladie, durent cesser lorsqu'elle vit qu'il fallait absolument se mettre en route. Avant ce moment elle écrivit un billet à Alinska, pour lui apprendre qu'elle, sa fille et le colonel, allaient passer deux semaines à Toulouse ; que cette résolution avait été prise trop brusquement pour qu'on eût pu la lui communiquer à l'avance ; mais que si elle le pouvait, on serait charmé de la voir venir leur faire une visite, et qu'une chambre lui serait réservée dans l'appartement qu'on choisirait.

Le Docteur, qu'un exprès avait été quérir de bonne heure, arriva au mo-

3. 9

ment où la famille allait mouter en voiture. A peine si le colonel, le prenant à part, eut le temps de lui dire, sans entrer en aucun détail, que l'imagination de madame Delmont étant troublée par d'affreuses terreurs paniques, il avait cru qu'il fallait la distraire, afin de parvenir à chasser de telles vapeurs; et que, pour y parvenir, il la conduisait pendant quelque temps, au milieu du tumulte d'une grande ville. Malgré la peine causée au Docteur par l'éloignement de ses amis, et le désir qu'il possédait d'obtenir un entretien avec Delmont au sujet de l'étrangère, il ne put désapprouver ce projet; il s'engagea sans peine à venir souvent à Toulouse, et, ce soin pris, il se retira.

Les fortes gelées avaient rendu praticables les chemins de cette contrée. Les voyageurs purent suivre la route qui, montant vers Mervilla, traverse la commune d'Auzeville et vient joindre le grand chemin, non loin du village de Saint-Agne. Deux forts chevaux les conduisirent rapidement à l'auberge du Grand Soleil, à Toulouse; et là ils prirent un asile momentané, jusqu'à ce que, vers le soir le colonel, qui avait couru la ville, rencontra enfin un appartement tel qu'il le souhaitait. Il était situé dans la rue des Cordeliers, presqu'en face l'église de ce ci-devant monastère. Un vaste jardin en faisait partie, et la pureté de l'air en ce lieu était telle, qu'il sembla à la famille Delmont n'avoir point perdu au change avec celui de la campagne.

Cette même nuit ils furent coucher dans leur nouvelle demeure. Le colonel avait fait placer son lit dans la chambre de sa femme.

« Vous voyez, lui dit-il en riant, que je m'avance à votre secours ; me voici près de vous avec mon épée, mes pistolets, tout mon ancien arsenal de guerre, afin de combattre avec avantage le démon qui vous obsédait. J'espère, toutefois, n'avoir point besoin de lui livrer bataille, car il ne nous aura pas suivis ici ; les spectres, les mauvais esprits n'ont guère la permission de vaguer dans les villes; ils ne peuvent hanter que les vieux châteaux. »

Cette gaîté fut déployée en pure perte. Le front de madame Delmont ne se dérida point; elle resta toujours sombre et silencieuse : le mal qui la frappait était trop avant dans son cœur. Elle se coucha de bonne heure; le colonel veilla plus long-temps, et, lorsqu'à son tour il entra dans son lit, il fut surpris de l'accablement extrême dans lequel il se trouvait; et dès qu'il eut posé sa tête sur l'oreiller, le sommeil ferma ses paupières. Il se réveilla au jour naissant; et comme il entendit sa femme qui se retournait pour chercher une meilleure position, il lui demanda comment elle avait passé la nuit.

« Toujours de la même manière, lui répondit-elle ; j'ai changé d'habitation, mais non de supplice. Continuez de vous rire de moi, mais le Vampire cruel ne m'a point abandonnée, il s'est montré plus atroce, plus altéré de mon sang. »

Cette réponse consterna Edouard, en lui donnant la triste conviction que l'esprit de sa femme était frappé de manière à ne pouvoir éprouver aucun soulagement. Trop instruit pour admettre de pareilles rêveries, il était forcé de croire qu'Hélène cédait à une hallucination fatale qui devait troubler sa raison. Il se promit de ne

rien négliger pour la récréer; il voulait même la contraindre à voir du
monde, à paraître au spectacle, espérant vaincre, par le prétexte de lui
rendre la santé, toutes les objections
que lui opposerait une mère inconso-
lable de la mort de son fils. Dans le
moment, croyant devoir garder le
silence, il ne répliqua pas à ce qu'elle
lui avait dit. Ils se levèrent; et comme
le temps était beau, il lui demanda si
elle n'aurait pas envie d'essayer de
parcourir la ville, non à pied parce
qu'elle était trop faible pour pouvoir
long-temps marcher, mais en voiture,
ce qui la fatiguerait moins.

Madame Delmont était déja parve-
nue à cet état de marasme qui rend

indifférent à tout ce qui occupe, lorsque l'âme et le corps sont dans de
meilleures dispositions. Elle vit le
plaisir que ferait son consentement à
son mari, et elle le lui donna, quelque peu curieuse qu'elle pût être de
ce divertissement. Ils partirent après
le déjeûner, accompagnés de leur fille.
Ils furent visiter d'abord l'Hôtel-de-
Ville, pompeusement décoré du nom
de Capitole : ils virent avec intérêt la
salle où l'on a rassemblé les bustes
d'une faible portion des hommes il-
lustres de Toulouse ; celle où l'Aca-
démie des jeux floraux tient ses as-
semblées particulières, et où préside
la statue en marbre blanc de Clémence
Isaure, restauratrice de cette institu-

tion célèbre. Nos voyageurs furent
ensuite jeter un coup d'œil sur la
nouvelle allée d'Angoulême, sur les
constructions du château-d'eau situé
à une extrémité de la ville, et qui
doit donner à celle-ci les fontaines
qui lui ont toujours manqué : tra-
vaux remarquables, et dus à M. de
Bellegarde, maire de Toulouse, qui,
par son administration économe et
paternelle, a mérité la reconnaissance
de ses concitoyens.

Le Musée devint aussi le but de la
curiosité de M. et de madame Delmont. Ils étaient nés l'un et l'autre
dans des cités où les arts sont chéris
et cultivés avec succès ; ils connais-
saient assez le dessin et la peinture,

pour apprécier dignement les bons
tableaux qui étaient devant leurs yeux.
Ils furent frappés particulièrement
par ceux dus au pinceau d'un Artiste
Toulousain, presque inconnu dans le
reste de la France, et qui, par la
vivacité de son génie, le feu de ses
compositions, se place néanmoins auprès de nos plus habiles maîtres. An-
toine Rivals, supérieur à sa renom-
mée, a laissé des ouvrages qui ren-
dront son nom immortel.

La portion du Musée consacrée aux
antiquités, comme aux monumens
du moyen âge, attacha les regards
de Delmont, qui aimait cette partie
de la science. Il remarqua le bel ar-
rangement des objets curieux qui en-

ceignaient de toutes parts un cloître
vaste, embelli au milieu d'un jardin
élyséen. Il s'informa du nom de celui
qui avait placé ces divers morceaux,
et ne fut plus étonné du goût qui
avait présidé à leur classement, lorsqu'on lui eut nommé M. Alexandre
du Mege, savant archéologue et lit-
térateur distingué.

L'heure du dîner ramena au logis
la famille Delmont. Hélène, malgré
elle, avait été amusée par la variété
des choses qui avaient tour à tour
passé sous ses yeux. Elle paraissait
mieux portante. Elle mangea avec
appétit; et même sur ses joues *apâ-
ties*, le colonel vit renaître un faible
coloris; à cet aspect consolant il se

sentit rempli d'espérance. Tout entier
à son devoir, il éloignait des idées
qui lui eussent paru criminelles ; il
cherchait même à oublier un sentiment impérieux, triomphant de ses
efforts lorsqu'il voulait le repousser
avec plus d'énergie. La nuit ramena
le moment de se livrer au repos. Delmont, pour essayer de donner plus
de courage à sa femme, lui demanda
la permission de se placer auprès
d'elle. Hélène y consentit. Il lui promit de veiller tant qu'il pourrait, afin
de déconcerter par sa présence le
monstre qu'elle redoutait. Mais il avait
donné une parole téméraire ; peu de
temps après qu'il se fût couché, le
sommeil vint l'attaquer avec toutes

ses douceurs; Delmont lutta en vain,
il dut céder la victoire, et ses yeux se
fermèrent malgré lui.

A son réveil il sentit une douleur
assez vive qui partait de son cœur. Il
toucha cette partie de son corps; elle
était également endolorie, comme par
l'effet d'une violente pression. Il se
tourna vers la lampe qui brûlait encore,
et sa surprise ne fut pas médiocre, en
reconnaissant sur sa peau l'empreinte
de cinq doigts marqués par des traces
jaunes et noirâtres. Il décida d'abord
que cette pression avait été faite par
la main d'Hélène ; mais en même
temps il en tira la conclusion, que
son assoupissement avait dû être bien
profond, puisqu'il n'avait pas été ré-

veillé au moment où il était ainsi pressé.

Hélène presque en même temps sortit de sa léthargie. Elle ne dit rien de particulier à son mari sur ce qu'elle avait pu ressentir elle-même durant cette nuit; mais son silence expliquait assez que sa position ne s'était pas améliorée, et qu'elle ne cessait pas d'être sous l'empire de la fascination qui la consumait. Il était donc plus urgent que jamais de travailler à sa guérison. Tous les deux sortirent encore à l'heure accoutumée; ils visitèrent les églises, les monumens publics, et passèrent ensuite chez deux médecins dont ils voulaient employer les lumières : l'un d'eux, membre de

plusieurs sociétés savantes, et aimable
secrétaire de celle qui se rapprochait
de sa partie, pouvait mieux qu'un
autre entreprendre une guérison qui
eût dépendu de la science humaine;
ses talens inspiraient une confiance,
augmentée par les grâces de sa personne, son esprit et la facilité de son
élocution. Déjà connu des deux époux,
qui l'avaient rencontré à R*** chez
un de leurs voisins, ils implorèrent
son secours, et reçurent l'assurance
qu'il ne négligerait rien pour répondre à leurs désirs. Mais en prononçant
ces paroles consolantes, il avait déjà
vu que les soins humains étaient sans
force pour ranimer un corps dans
lequel la vie s'éteignait; sa science ne

l'aveuglait pas, il ne croyait point néanmoins devoir, au premier moment,
donner une condamnation fatale.

Delmont, trompé par ce qui venait de lui être dit, conçut une espérance qui ne devait pas tarder à s'éva-
nouir. Le lendemain, Hélène se trouva incapable de sortir de sa chambre;
elle y reçut la visite de Mélervant, leur
ami, qui venait à Toulouse tout exprès
pour passer la journée avec l'épouse
et l'époux. Un coup d'œil jeté sur la
première lui donna aussi la conviction qu'elle atteignait au dernier pé-
riode de son existence, et que d'un
moment à l'autre elle pouvait expirer.
Il balança d'abord sur ce qu'il devait
faire, lorsque son habile confrère en-

tra; il l'accompagna auprès de la malade : tous deux observèrent long-
temps les symptômes du mal qui
croissait avec tant de rapidité ; leur
conclusion fut la même. Ils virent que
madame Delmont pouvait vivre au
plus encore une semaine, et décidè-
rent en même temps, qu'il était convenable de prévenir le mari de la
perte qu'il était sur le point de faire.

Cette commission désagréable devait naturellement écheoir à Mélervant
qu'une longue liaison rapprochait du
colonel; il lui demanda un instant d'au-
dience, et là lui fit connaître la pénible
vérité. Cette cruelle révélation plon-
gea Delmont dans une amère douleur. Il voulut opposer le doute aux

3.   10

plus certaines probabilités; et sur le
point d'être séparé de sa femme, il
sentit renaître pour elle tout l'atta-
chement qu'elle lui avait autrefois
inspiré. Accablé dans son désespoir,
il lui paraissait affreux de faire connaître à Hélène le précaire de sa position. Ne pouvant se décider à rien
dans cette circonstance, il ramena le
Docteur auprès d'elle, et, se plaçant
de sorte qu'elle ne pût le regarder, il
se livra à toute sa peine.

Madame Delmont, d'une voix faible, demanda au Docteur s'il avait vu
la Hongroise, ou s'il avait eu de ses
nouvelles.

« Pour l'avoir vue, madame, ré-
pondit-il, la chose est impossible,

car elle ne sort jamais de sa maison,
qui demeure constamment fermée à
tous ceux qui s'y présentent. Imagi-
nez-vous que M. Berneval n'a pas
craint d'y venir montrer sa figure,
malgré l'expérience que le passé eût
dû lui donner?

— Il n'a pas été plus heureux dans
cette seconde tentative?

— Elle a été en tout semblable à la
première. Elle l'a découragé à tel
point, que hier, en me rencontrant
sur le chemin de Falgarde, il m'as-
sura que *cette femme*, ainsi la quali-
fiait son souverain mépris, n'était pas
faite pour la bonne compagnie, puisqu'elle n'avait pu s'accommoder de la
sienne. »

Ce propos amusa celle qui l'entendait.

« Quant à nous, dit Hélène, nous avons été plus heureux; elle s'est informée souvent de nous; j'en ai reçu plusieurs gracieux messages. La singulière créature! Jeune et belle, quelle vie a-t-elle adoptée! Elle pouvait en effet être mieux placée dans la solitude que dans le monde, car elle fait peu de frais pour réussir. Toujours froide, toujours indifférente, rarement s'émeut-elle; et encore, dans ces momens, elle paraît plutôt une machine qu'on a montée, qu'une créature humaine. Cependant je ne puis m'expliquer quel ascendant elle a pris sur moi. Mais depuis qu'elle nous a quittés, je la re-

grette; il me semble qu'aux dernières
heures de ma vie il me serait agréable d'avoir auprès de moi une personne de mon sexe, qui pût m'entendre, et qui voulût, après ma mort,
se charger de veiller sur ma fille. »

Ce discours, prononcé d'une voix
altérée, terrifia les auditeurs. Delmont, par un mouvement qu'il ne
put réprimer, se leva de son fauteuil
avec impétuosité, et vint saisir la main
d'Hélène, en même temps qu'il bal-
butiait des consolations et quelques
mots d'espérances démentis par le
sombre aspect de son visage. Mélervant, plus accoutumé à des scènes pareilles, tout en éprouvant une émotion profonde, crut devoir profiter

de la circonstance pour engager madame Delmont à demander les secours de la religion. Elle était pieuse ; mais depuis son arrivée à Toulouse, elle n'avait pas songé à remplir ses devoirs, croyant qu'elle aurait le temps de les réclamer lorsqu'elle serait de retour à la campagne.

« Vous vous faites bien du mal, lui dit-il, madame, en remplissant votre imagination par d'aussi lugubres idées. Je voudrais que vous eussiez assez de confiance en moi pour me faciliter les moyens de changer votre opinion sur l'état de votre santé ; mais puisque vous vous refusez à me croire, que ne consultez-vous un de ces pieux ecclésiastiques accoutumés

à se montrer auprès du lit de la souf-
france ? Peut-être vous rassurerait-il
mieux qne je ne puis le faire, et au-
riez-vous du contentement à conver-
ser avec lui. »

Un sourire douloureux précéda la
réponse d'Hélène, il annonça qu'elle
n'avait point pris le change sur la proposition du Docteur.

« Vous prévenez mes désirs, lui
dit-elle, j'allais prier mon mari d'appeler un prêtre ; je sens que désormais j'aurai plus besoin de ses secours
que de ceux de votre aimable amitié ;
sa science commence à agir au moment où celle de l'art ne peut plus
rien. Mais en même temps je reviens
sur mon désir premier ; je voudrais

revoir la jeune étrangère, et qu'elle consentît à rester quelque temps avec moi. »

Ce désir exprimé d'un ton qui montrait combien Hélène tenait à son accomplissement, surprit beaucoup les deux assistans. Delmont, plus encore que le Docteur, devait en être frappé. Il sentait le péril pour lui de se retrouver avec Alinska ; dans un moment solennel où il craignait que sa présence ne le distraisit de ses devoirs sacrés ; d'une autre part, il ne savait comment refuser une chose pareille à sa femme expirante, qui seule et comme perdue dans un pays qui n'était pas le sien, devait nécessairement manquer d'une foule de soins parti-

culiers qui ne pouvaient lui être rendus que par une personne de son
sexe, dont les habitudes la rappro-
chassent d'elle. Son embarras, son
indécision l'empêchèrent d'abord de
répondre. Madame Delmont, éton-
née du silence qu'il ne rompait pas,
lui demanda si le souhait qu'elle for-
mait était répréhensible, et s'il aper-
cevait de grands obstacles à son accomplissement.

Cette question tira le colonel de sa
rêverie. Il se hâta de répondre que,
s'il ne s'était pas sur-le-champ expliqué, c'était par la crainte où il était que
la fantasque Hongroise ne refusât de
se rendre aux sollicitations qu'on lui
adresserait; « mais puisque, ajouta-

3.   11

t-il, vous voulez absolument qu'elle
vienne, essayez de lui écrire quelques mots, j'y joindrai aussi ma prière, et nous ferons partir sur-le-champ
notre domestique avec la voiture, qui,
j'espère, la ramènera. »

Delmont, en parlant ainsi, veilla
avec une attention extrême à retenir
les inflexions de voix qui eussent dévoilé les agitations de son âme ; il redoutait surtout la perspicacité du Docteur, et dans cette circonstance il n'eût
pas voulu, pour tous les bonheurs de
la terre, que son secret éclatât à des
yeux prévenus. Malgré ses efforts, il
ne put dissimuler entièrement son
émotion ; et néanmoins celle-ci ne
surprit point le Docteur ; il l'attribua

au trouble dans lequel son ami devait être.

Madame Delmont essaya de tracer
un billet pressant, et d'exprimer à
Alinska combien elle serait satisfaite
de sa venue. Il lui fallut près d'une
heure pour parvenir à écrire quelques lignes : aussi, céda-t-elle la
plume à son époux, dès que celui-ci
la réclama pour ajouter les phrases
suivantes :

« Oui, madame, nous réclamons
» cet acte de votre bonté. Quelles
» que soient les résolutions que vous
» ayez pu prendre, elles doivent cé-
» der aux vives instances que nous
» vous adressons. Revenez parmi
» nous. Madame Delmont souhaite

» votre présence; je l'invoque pareil-
» lement; comme il est des cas dans la
» vie où l'on doit aller au delà de tout
» ce que l'on a réglé, venez, je vous
» le répète encore une fois; donnez-
» nous cette preuve de votre bienveil-
» lance. Un refus nous prouverait
» que vous voulez rompre entière-
» ment avec nous; et par où ma
» femme aurait-elle mérité cette ri-
» gueur?»

Tandis que Delmont achevait d'é-
crire, et de donner ses ordres au domestique, le Docteur qui connaissait
Toulouse, était sorti pour aller chercher un ministre de paix et de conso-
lation, qui pût soutenir madame Delmont dans le chemin pénible qui lui

restait à faire pour sortir de la vie. Il
trouva l'ecclésiastique, qui mieux que
tout autre devait remplir son but,
dans le premier pasteur d'une des
grandes paroisses de la ville. Ce vénérable curé, quoique déjà avancé en
âge, possédait encore tout le feu ar-
dent de la charité. Aimable dans sa
pieuse rigueur, indulgent pour les
fautes qui n'étaient que le fruit des
erreurs, il ne montrait point la Divinité toujours terrible, toujours irri-
tée; il la représentait accessible au
repentir, et miséricordieuse pour les
égaremens du cœur. Son éloquence
onctueuse et persuasive avait un
charme tout particulier; il parlait en
maître, lorsque dans une cérémonie

annuelle il bénissait les fleurs d'or et
d'argent que les poëtes obtenaient en
récompense de leurs productions; il
parlait en père, soit dans la chaire de
vérité, soit au tribunal de la pénitence. Ce fut à lui que le Docteur s'a-
dressa. Il lui peignit l'intéressante position de madame Delmont, le besoin
qu'elle avait des lumières d'un prêtre
éclairé, et par des instances réitérées
il parvint à vaincre sa répugnance
à aller chercher une nouvelle brebis
hors l'enceinte de son bercail particulier. Il promit de venir le lendemain, de bonne heure, au lieu où on
l'appelait; et le Docteur fut porter
cette douce assurance à ceux qui at-
tendaient son retour avec anxiété.

Hélène depuis ce moment parut plus tranquille. On ne peut concevoir quel sentiment particulier l'entraînait vers Alinska, quel pouvait être le rapport mystérieux établi entre ces deux créatures qui, dans l'ordre ordinaire des choses, eussent dû être séparées par tout ce qui éloigne les cœurs et brise les affections. Tout au contraire, madame Delmont désirait revoir la Hongroise ; cette fantaisie, portée à l'exaltation, était sans doute une des conséquences de sa singulière maladie. N'était-ce pas appeler auprès de soi le serpent qui devait la dévorer ?

CHAPITRE XXI.

L'ANXIÉTÉ était grande chez la famille Delmont; on ne savait si, malgré les vives sollicitations qui lui étaient adressées , Alinska consentirait à venir à Toulouse : le Docteur, que ses occupations appelaient à la campagne , se mit en route vers le coucher du soleil, sans avoir vu arriver la belle indifférente. Il était huit heures du soir, lorsque la voiture qui était partie à midi , s'arrêta devant la porte de la maison. Au

bruit qu'elle fit, le colonel se leva,
et prenant un flambeau, descendit
rapidement, moins pour aller au devant de l'étrangère si elle arrivait,
que pour ne point montrer aux yeux
de sa femme l'agitation dans laquelle
il était. Comme il mettait le pied sur
le péristyle, il vit une femme enveloppée d'une grande draperie noire,
s'avancer vers lui d'un pas grave, et
tel, que dans le premier moment il
dut en être frappé comme s'il eût vu
une apparition surnaturelle. Mais
combien plus son trouble augmenta,
lorsqu'à la clarté de la lumière, il
remarqua la pâleur effrayante répandue sur le visage d'Alinska! C'était
elle, ou plutôt c'était un spectre, tant

ses yeux étaient hagards, sa physionomie renversée ; elle paraissait en
ce moment cent fois plus près de la
tombe que madame Delmont, dont
néanmoins la vie touchait à son dernier terme.

Le colonel, confondu de ce qu'il
voyait, ne put prendre sur lui de
prononcer les paroles d'usage que la
politesse exigeait de lui. Il demeurait immobile à contempler le ravage
qu'un si court espace de temps avait
produit sur les traits d'Alinska. Celle-
ci, avec un sourire farouche, et s'a-
percevant d'ailleurs de son étonnement :

« Me voilà, lui dit-elle, vous m'a-
vez appelée ; maintenant ne vous flat-

tez pas de me contraindre à partir
lorsque vous le voudrez. »

Ces mots amers, prononcés avec
vivacité, ne furent entendus que de
celui à qui on les adressait. Il en frémit; mais cherchant enfin à retrouver son courage, il répliqua avec une
apparence de galanterie qui lui valut
en réponse un foudroyant regard.

Arrivés tous deux dans la chambre
de madame Delmont, celle-ci, à la
vue de la Hongroise qui lui parut
mourante comme elle, laissa échapper quelques larmes, et en même
temps lui tendit la main avec amitié.

« Que vous êtes bonne, lui dit-
elle, d'avoir répondu à ma prière!
Mais vous aussi, permettez-moi de

vous le dire, pourquoi ne veniez-
vous pas à la ville chercher des secours dont vous paraissez avoir besoin?

— L'état extérieur de ma personne,
répliqua l'étrangère, vous induit en
erreur. Je ne suis pas dans une position différente de celle où j'étais il y
a un ou deux mois; il me serait difficile d'être mieux, ou plus mal; mes
traits vous paraissent renversés, ma
pâleur vous afflige; tout cela, madame, provient du trouble où m'a
jetée votre lettre et les ordres qu'elle
contenait. Vous savez combien la retraite m'est nécessaire, la peine a
pour moi été grande de m'en arracher; mais lorsqu'on me prie d'une

certaine manière, il ne me reste plus
le droit de refuser. Vous m'avez voulue, je suis ici ; êtes-vous assurée de
trouver en moi l'assistance dont vous
avez besoin ? »

Ces paroles peu obligeantes affec-
tèrent désagréablement madame Delmont, qui ne pouvait pas en démêler
le vrai sens. Un peu de réflexion lui
représenta le caractère connu d'Alinska ; elle se rappela aussi l'étrangeté
ordinaire de toutes ses manières, et
vit qu'il ne fallait avec elle s'offenser
de rien, car elle n'agissait en rien
comme le reste de la société : Hélène
avait besoin de compagnie, elle s'était
accoutumée à celle-là, devait-elle se
plaindre de la retrouver avec toutes

ses bizarreries et ses formes sauvages?

Alinska cependant, malgré sa mauvaise humeur apparente, caressa la
petite Juliette, qui, avant d'aller se
coucher, la complimenta en son naïf
langage sur son arrivée. Alinska se
baissa pour l'embrasser, et elle fit ce
mouvement avec une telle affection,
qu'elle se trouva par là réconciliée
avec la mère de la jolie enfant. Quant
à Delmont, incapable de rien dire,
n'osant porter ses regards ni sur sa
femme ni sur Alinska, il était plongé
dans une rêverie profonde, envisa-
geant parfois l'avenir qui ne s'offrait
à lui qu'enveloppé des plus sinistres
vapeurs.

Le lendemain, madame Delmont

déclara qu'elle avait passé une nuit
plus cruelle que toutes celles qui l'a-
vaient précédée. Il était aisé de le
connaître à l'expression de fatigue et
de douleur de son visage amaigri ; on
voyait que sa faiblesse augmentait, et
que les derniers fils de sa vie allaient
peut-être se rompre bientôt. Elle parut inquiète de ne point voir venir
l'ecclésiastique qu'elle attendait. En
ces momens, Germaine l'annonça ; le
colonel passa dans le salon pour le
recevoir, et Alinska, poussant un cri
d'effroi, s'échappa subitement par
une porte secrète, et se retira dans
la chambre qu'on lui avait assignée.

S'il est parmi les hommes quelque
chose qui soit digne d'admiration,

c'est le tableau d'un prêtre vénérable portant de saintes consolations à un être souffrant ou malheureux à l'heure fatale qui vient dissiper toutes les illusions humaines. Ce n'est pas alors un faible mortel, c'est un dieu dans toute la force de sa puissance. Il tourne les regards de l'infortuné vers les espérances non trompeuses d'un monde où tout est égal, où la vertu, couverte ici par les haillons de la misère, s'assied sur un trône pareil à celui destiné au roi qui a bien vécu. Ils se trompent étrangement, ceux dont les préjugés redoutent ces entretiens, ces épanchemens qui leur paraissent les avant-coureurs infaillibles de la mort. Quel est celui dont l'énergie est assez véhémente pour n'éprouver aucune terreur, aucune crainte pour l'avenir, dans cet instant solennel? est-ce donc en augmenter l'horreur, que d'ouïr une voix consolatrice qui calme vos angoisses, en vous promettant un bonheur éternel, acheté seulement au prix d'un repentir sincère? n'est-ce pas plutôt une vive satisfaction, que d'en finir avec la vie, complétement rassuré sur ce qui vous attend dans la nouvelle existence à laquelle l'immortalité de notre âme ne nous permet pas de nous soustraire? Si les secours de la religion ont un pouvoir pareil auprès de celui que des remords tourmentent, avec combien plus de douceur ne se

3.   12

présentent-ils pas à celui qui jamais
ne dévia de la bonne voie! Madame
Delmont, dont la carrière s'était écou-
lée dans l'exercice des solides vertus,
n'avait, aux approches de sa fin, que
des regrets à former pour ce qu'elle
laissait dans ce monde, et nul effroi
de l'avenir ne venait la troubler. Si,
d'une part, il était douloureux pour
elle d'abandonner son époux et sa
fille, de l'autre, elle conservait l'espérance fondée qu'un jour ils se réu-
niraient à elle; et en même temps elle
possédait l'entière certitude que son
fils l'attendait déjà. Elle versa dans le
sein du vénérable ecclésiastique les
fautes légères qu'elle se reprochait;
elles lui furent pardonnées sans diffi-

culté, et de mystérieuses, et efficaces
paroles, en la réconciliant avec le
Créateur de toute chose, lui donnèrent
l'assurance qu'elle prendrait place
parmi les élus.

Néanmoins, tout en l'entretenant
de son bonheur futur, le Curé pieux
écartant la pensée qu'elle devait en
entier renoncer à la terre, lui fit
entrevoir sa guérison comme possible, si la Providence la croyait nécessaire; il lui représenta tant de ma-
lades rendus à la santé, lorsque la
porte de la tombe s'ouvrait pour eux;
tant de miracles inespérés dans ce
genre, que madame Delmont, sans
être entièrement rassurée, se trouva
plus calme lorsqu'il la quitta, en lui

promettant de revenir le soir même, et le lendemain, pour peu qu'elle le souhaitât.

Lorsqu'il fut parti, le colonel rentra dans la chambre de sa femme. Il essaya, lui aussi, de rassurer son esprit ému : mais en ce moment, madame Delmont, encore dans la ferveur de la prière, ne voulait s'occuper que d'un céleste entretien. Elle fut tirée de sa contemplation, par l'un des docteurs Toulousains qui la voyaient en même temps. Celui-ci ne la trouva pas plus faible que lors de sa dernière visite ; il ordonna une potion fortifiante, dont il attendait le meilleur effet. Delmont s'aperçut qu'Alinska n'avait point reparu ; il courut a sa chambre, et heurta légèrement à la porte.

« Qui est-ce? dit Alinska; que me veut-on?

— Je venais, lui répliqua une voix trop bien connue d'elle, vous engager à revenir auprès de madame Delmont.

— Est-elle seule? N'y est-il plus, cet homme redoutable dont il ne m'est pas permis de soutenir la vue? dit-elle en ouvrant la porte.

— De qui parlez-vous? reprit le colonel.

— De qui je parle! du prêtre; oui, de lui; il m'est impossible, depuis que j'ai quitté la Hongrie, de me trouver en présence d'un de ses sem-

blables. Une éternelle barrière nous
sépare; ils ont fini avec moi; je n'ai
plus rien à leur demander sur la
terre. »

Touché des terreurs superstitieuses
de sa malheureuse amante, qu'il at-
tribuait à la tentative qu'elle avait faite
pour s'arracher la vie, le colonel ne
poursuivit pas l'entretien. Il se contenta de répondre que les étrangers
étaient tous sortis.

« Alors, reprit Alinska, je vais
vous suivre. Mais, Edouard, je vous
en supplie, promettez-moi, si vous
ne voulez pas être témoin du plus
épouvantable spectacle, de ne jamais souffrir que je me rencontre
avec un des prêtres du Seigneur; que

vous prendrez des arrangemens afin
de pouvoir me faire quitter la chambre de votre femme, avant la venue
de son confesseur. Hélas! c'est bien
le moins que vous puissiez faire pour
moi. »

Ce discours, prononcé d'une voix
tremblante, ajouta à la pitié du colonel. Il prit sans peine l'engagement
que demandait Alinska, et revint avec
elle auprès de madame Delmont.
Celle-ci parut charmée de les voir
ensemble, elle leur sourit avec bonté;
puis, échappant à un instant de silence :

« Ecoutez, l'un et l'autre, leur dit-
elle ; on cherche à m'abuser sur mon
état ; je me tromperais moi-même tant

que le jour brille, mais la funeste
nuit ne tarde pas à m'accabler. (Ici
Alinska frémit involontairement, sans
doute.) Je sais où je vais ; encore un
peu d'instans ; et ma course mortelle
atteindra à son terme. Je n'ai plus
d'ordres à donner ; je ne puis plus
adresser que des prières. Faites attention aux miennes, accomplissez-
les, je vous en conjure, et qu'en
mourant j'emporte la certitude que
mes derniers désirs ne seront pas re-
poussés.

— Ah ! mon amie, reprit avec vivacité le colonel, sans être contenu par
la présence d'Alinska, ne vous laissez
pas abattre ainsi. Vous vivrez pour le
bonheur de votre famille, et vous

pourrez exécuter vous-même les sou-
haits que vous formez.

— L'un d'eux, Edouard, ne peut
l'être par moi, puisqu'il concerne
ma dépouille mortelle : c'est à vous
que je le lègue, vous n'y faillirez
pas. Après ma mort, je veux reposer
à la même place où mon fils m'a précédée ; c'est dans le cimetière de R***
que mon corps doit être enseveli :
toute autre terre me semblerait étrangère ; il me faut celle-là, je la veux
absolument.

Des soupirs, quelques larmes sin-
cères privèrent Delmont du pouvoir
de répondre. Mais pressant la main
de sa femme dans la sienne, il lui
donna, par ce muet témoignage, la

certitude qu'il se conformerait à ses
volontés. Elle n'insista pas davantage,
et se tournant vers Alinska qui, pâle
et la figure égarée, écoutait et voyait
ce qui se passait avec un silence d'horreur :

— Quant à vous, madame, consentez pour quelque temps à veiller
sur ma pauvre fille ; vous avez paru
la traiter avec amitié, donnez-lui vos
soins jusqu'au moment où vos inté-
rêts exigeront votre éloignement de
cette contrée ; qu'il me reste, en la
délaissant, la douce preuve qu'elle
ne passera pas sans intermédiaire de
la garde d'une mère à celle d'une
femme indifférente à son bonheur...»
Un cri aigu, un cri d'angoisse inex-

primable, échappa dans ce moment
à Alinska. Couvrant sa figure de ses
deux mains, elle se laissa tomber
dans un fauteuil, et parut succomber
sous le poids d'une douleur cruelle.
Loin d'assurer Hélène qu'elle répondrait à ses désirs, elle se taisait, incapable de s'exprimer et de faire connaître tout ce qui l'oppressait en ce
moment. Delmont, effrayé de la voir
dans un pareil état, n'osait néanmoins
voler à son secours, tant il craignait
de laisser échapper une portion de
ses sentimens : et lui-même, quelle
atteinte il recevait, en écoutant Hélène ordonner pour ainsi dire à sa
rivale cachée, de la remplacer dans
le plus sacré de ses devoirs ! Il voyait

en tout cela un enchaînement de causes mystérieuses, qui, malgré ses résolutions, le rapprochaient invinciblement d'Alinska. Il n'osait pénétrer dans les profondeurs de l'avenir, et cherchait à se renfermer dans toute sa douleur présente.

Le silence gardé par Alinska se prolongeant, madame Delmont crut devoir renouveler sa prière. Alors la Hongroise se levant subitement, et tournant vers le ciel ses yeux remplis d'un feu sombre : « Tu le veux, ô Providence, est-ce à moi qui n'existe pas à lutter contre toi ! oui, j'accepte ce que tu me fais proposer par cette infortunée, oui jusqu'à la mort je serai la gardienne de sa fille. »

Malgré le contentement que cette promesse devait causer à madame Delmont, le ton amer avec lequel elle fut prononcée la perça d'un trait aigu. Elle vit quelque chose de funeste dans ce mot de *mort*, si malheureusement placé à la dernière partie de la phrase; mais elle n'osa pas faire connaître ce qui la troublait alors; elle se hâta seulement de dire, comme pour détourner le présage :

« Ne quittez au moins ma Juliette, qu'après l'avoir remise à l'époux que son père choisira. »

Un sourire dédaigneux fut tout ce qu'Alinska put trouver sans doute pour exprimer son acquiescement, car elle ne dit pas une parole; bien-

tôt même elle demanda la permission de se retirer, et son absence se
prolongea jusques après l'heure où
le pieux Curé fut venu faire la visite
qu'il avait annoncée.

Cinq ou six jours s'écoulèrent ensuite, pendant lesquels madame Delmont continua à s'affaiblir. En vain
tous les secours de l'art lui furent
prodigués; ils ne pouvaient lutter
avec avantage contre une cause terrible et cachée, qui amenait rapidement une totale destruction. Chaque
nuit son époux la veillait, avec une
garde accoutumée à ce genre de service; et par une rencontre bien singulière, chaque nuit, aux mêmes
heures, la fatigue plongeait le colonel

et la garde dans un léthargique sommeil. Tous les matins Hélène se
plaignait d'un plus haut degré d'épuisement, et en secret à son époux elle
en accusait le démon insatiable qui,
goutte à goutte, buvait son sang. Delmont, désespéré de voir que sur ce
point la raison de l'infortunée s'é-
garait sans cesse, ne savait même
plus combattre sa fantaisie ; il n'y
répondait que par de tristes soupirs.

Durant tout ce temps, Alinska ni
par un mot ni par un regard ne fit
connaître à son ancien amant les se-
crètes pensées de son âme : elle était
avec lui comme si jamais elle ne l'eût
connu. Elle prodiguait des soins em-
pressés à madame Delmont ; elle ne

sortait guère de sa chambre tant que
le jour durait, mais aux approches de
la nuit elle rentrait dans la sienne, et
jusqu'au lendemain elle ne se montrait
pas. Jamais elle n'avait offert de veiller son amie; il paraissait que cet
acte de dévoûment était au-dessus de
ses forces. Delmont respectait ses caprices; lui aussi renfermé en son désespoir, ne songeait qu'à donner à
Hélène des preuves de son affection,
sans s'occuper si, par ces témoi-
gnages de tendresse, il ne brisait pas
le cœur de la Hongroise.

Le Docteur leur ami venait de
temps à autre à Toulouse, il n'im-
portunait pas non plus la farouche
Alinska de ses soupirs, qui eussent

paru insupportables à celle-ci ; il portait toute son attention sur la maladie
d'Hélène, dont à sa dernière visite il
fixa le moment fatal. Sa prescience
ne se trouva pas en défaut. Déjà les
sacremens de l'église avaient achevé
de sanctifier l'âme de madame Delmont, lorsqu'elle s'éteignit presque
sans pouvoir le connaître, au moment où renaissait un nouveau jour
dont elle ne devait pas voir la fin. Le
colonel n'était pas alors auprès d'elle ;
il était rentré dans son appartement,
où l'ecclésiastique, qui avait passé
presque toute la nuit en prières dans
celui de la défunte, vint le préparer
à l'éternelle séparation qui venait
d'avoir lieu.

Nous ne chercherons point à retra-
cer les détails de toutes les émotions
déchirantes qui assaillirent Delmont,
lorsque la vérité lui fut connue. Arraché à plusieurs reprises d'auprès le
corps inanimé de sa femme, par Mélervant; qui ne le quitta pas, ce ne
fut qu'en serrant dans ses bras sa fille
toute en larmes, qu'il écouta non
d'importunes consolations, mais la
voix de la nécessité, qui lui ordon-
nait de se soumettre à un malheur
désormais irréparable. Tant que dura
cette funeste journée, Alinska ne parut point; on ne la vit nulle part, ni
auprès de l'époux désolé, ni auprès
de l'enfant à qui elle avait promis de
servir de mère. Le Docteur vers la fin

de la journée, crut avoir le droit, à
la faveur de cette douloureuse circonstance, de pénétrer dans sa retraite, où peut-être elle avait besoin
de secours. Il fut frapper à sa porte,
et sur l'invitation qu'il reçut, il entra
dans la chambre.

Alinska, enveloppée de son schall
noir, était assise auprès de la cheminée. Sa tête reposait sur une table,
et toute sa figure était cachée par les
plis de sa draperie. Elle écouta les
paroles de Mélervant, sans chercher à
le regarder. Elle lui répondit d'une
voix faible, mais calme, qu'elle n'a-
vait besoin de rien, qu'elle ne pouvait se montrer, parce que dans un
moment pareil la solitude était pour

elle d'une absolue nécessité, qu'elle
tiendrait l'engagement qu'elle avait
pris, et qu'en conséquence dès le
lendemain elle se rendrait, séparé-
ment du reste de la famille, au château de R*** où elle attendrait la venue de la fi lle qu'elle devait garder.

Le Docteur, qui s'attendait à une
autre réponse, parut surpris qu'A-
linska ne voulût point accompagner
les restes de son amie. Mais renfer-
mant dans son âme ce qu'il pensait
sur ce point, il se contenta de demander si on devait lui procurer une voiture pour faire la route.

« Je vous remercie encore, repon-
dit Alinska, toujours sans vouloir le
regarder; j'ai déjà pris moi-même les

mesures qui doivent assurer mon retour au château ; je partirai de bonne
heure : il me serait impossible d'as-
sister à la déchirante cérémonie qui
doit avoir lieu. »

Elle se tut. Sa constante immobilité commanda au Docteur de se retirer ; il s'éloigna, toujours plus étonné
né des bizarreries de cette jeune personne. Il fut répéter à Delmont ce
qu'elle lui avait dit, et celui-ci demeura charmé que par sa présence
Alinska ne vînt pas le distraire des
sentimens qui seul devaient l'occuper. Il s'écoula deux jours avant d'a-
voir pu obtenir des autorités civiles
et religieuses , l'autorisation nécessaire au transport du corps de ma-

dame Delmont dans le cimetière de la commune de R★★★.

Durant ce temps, le colonel ne quitta pas la chambre dans laquelle sa femme était expirée. Il se livrait à une profonde mélancolie, dont vainement on cherchait à le distraire. Il avait appris qu'une voiture était venue prendre Alínska au point du jour, et que sur-le-champ celle-ci s'était mise en route. Il fut quelque peu allégé de cet éloignement, car il éprouvait à l'aspect de la Hongroise une émotion si particulière, qu'elle lui ôtait la faculté de se livrer librement à ses regrets. Enfin il put lui-même partir de Toulouse; il amena sa fille avec lui, et tous les deux suivirent le

cortége funèbre, dont les chants lu
gubres les plongeaient dans un amer
désespoir. Le nouveau Curé de R***
termina la cérémonie, et la mère infortunée trouva son dernier asile
auprès du fils dont la mort, peut-
être, lui avait arraché la vie.

Tirons le voile sur les circonstances
de ce sinistre événement.

CHAPITRE XXII.

DELMONT, qui avait dû faire un
appel à toute sa fermeté pour soutenir
les funèbres cérémonies dont l'église
environne les momens qui rendent à
la terre un corps dont les élémens
matériels furent formés de la pous-
sière, s'éloigna de l'église parois-
siale, soutenu par le Docteur son
ami. Il ne voulut point remonter
en voiture pour achever le court tra-
jet qui lui restait à faire jusqu'au
château, et, enseveli dans une morne

douleur, il cachait son visage aux regards curieux d'une foule attirée par une pompe inusitée, en le voilant sous les plis de son manteau. Chaque pas lui retraçait un souvenir de celle dont il était séparé pour toujours. Son émotion s'accrut avec plus de véhémence, lorsqu'il pénétra dans la demeure où, durant un assez long espace de temps, il avait goûté le bonheur du repos et du contentement de l'âme. Il monta avec vitesse l'escalier, comme pour échapper à de noires idées, et, pressant sa fille dans ses bras, il fut sur le point de lui demander où était sa mère, tant la douleur troublait l'exercice de sa raison.

Le Docteur qui, par sa position,

avait souvent sous les yeux de pareilles scènes, essaya d'abréger celle-
ci, en engageant Germaine à conduire la petite Juliette dans la chambre qui lui était destinée, et où sans
doute la dame étrangère devait être à
l'attendre. Le nom d'Alinska, inopinément prononcé, éveilla un nouveau
sentiment dans le cœur du colonel.
Mélervant, qui n'avait pas agi sans
motif particulier en tenant ce propos,
eût bien souhaité pouvoir connaître
l'effet qu'il produisait sur son ami.
Mais une réflexion rapide sauva Delmont de l'espèce de piége qui lui était
tendu ; il sentit que, moins que jamais, dans une telle circonstance, il
devait se laisser deviner, et faisant un

effort sur lui-même, il parut écouter avec indifférence ce qui faisait vibrer une des fibres de sa sensibilité.

Cette attaque n'ayant pas réussi, le Docteur n'essaya point d'en tenter une autre ; il craignit de mal choisir son temps, et décida que s'il devait s'assurer des sentimens du colonel, il fallait remettre cette nouvelle guerre à un moment où elle pourrait être entreprise avec plus de succès. Il y avait sans doute peu de générosité dans cette conduite. Mais où est celui qui s'élève au-dessus de lui-même, lorsqu'il redoute quelque péril en ce qui concerne ses plus douces affections ? Mélervant était amoureux, il redoutait, avec apparence de raison, qu'un rival heureux se plaçât entre lui et la femme qu'il voulait obtenir. Où serait l'homme qui, dans sa position, irait imposer silence à son inquiétude, pour ne pas manquer aux convenances de la société ? Il serait difficile de le rencontrer ; ces façons de penser ne sont pas dans la nature ; elle s'abandonne pour l'ordinaire avec plus de facilité aux penchans que les passions lui inspirent. Le Docteur eût été incapable de faire du mal au colonel, de chercher à lui inspirer de la jalousie, de la méfiance, tandis que, sans croire agir avec fourberie, il pouvait vouloir chercher à lire positivement dans sa pensée. Il avait promis de rester toute la journée au château ; il tint sa parole. A l'heure du repas du soir, Alinska, qui n'avait point encore paru, envoya prévenir le colonel qu'elle resterait dans sa chambre, et que même de plusieurs jours elle ne pouvait répondre du moment où l'état de sa santé lui permettrait de venir s'asseoir à la table commune.

Cette annonce, tout en contrariant le Docteur, empressé à rencontrer les occasions de voir son ingrate beauté, charma Delmont : celui-ci connaissait l'étendue de sa propre faiblesse ; il redoutait la vue d'Alinska, désormais surtout que la mort avait rompu la barrière élevée entre les deux amans. Il sentait combien, dans la position

où il se trouvait, toute expression
autre que celle des regrets était peu
séante ; et plein de respect pour les
convenances de son devoir et de tendre
amitié pour la femme qu'il avait perdue , il eût désiré fuir toutes les occasions qui pourraient l'amener à se
montrer au-dessous de ce qu'il devait
être.

Le printemps ranimait alors la nature, et donnait des beaux jours peu
en rapport avec la sombre tristesse du
colonel. Partout avec la sève brillait
une nouvelle vie ; les arbres repre-
naient leur feuillage, les prairies se
couvraient de radieuses fleurs, l'air
était chaud et embaumé ; dans le fond
des bocages rajeunis les oiseaux s'ap-

pelant l'un l'autre, allaient recommencer leurs amours, et par un doux ramage déjà le rossignol captivait les oreilles attentives du voyageur fatigué, ou du chasseur qui, caché derrière ﹡﹡ais buissons, attendait le passage de quelque lièvre qu'il guettait auprès de son fort. En ce moment où tout se ranime, l'homme seul ne reste point dans un profond engourdissement : pour lui aussi, on dirait qu'une existence nouvelle recommence ; son sang agité bouillonne plus impétueusement dans ses veines ; une secrète langueur, un besoin impérieux le portent aux affections les plus tendres ; il aime sans doute dans toutes les saisons de l'année, mais

dans celle-ci il cède moins aux penchans de l'âme qu'aux volontés impé-
rieuses des sens; la plus vive douleur
s'amoindrit par l'effervescence qu'im-
priment au corps les volontés de la nature. Delmont éprouvait malgré lui
ces agitations vagues que nous venons
de peindre à grands traits, mais
dont il pouvait apprécier jusques aux
moindres détails.

Un mois s'était écoulé, et Alinska
gardait dans le château de R*** la
profonde retraite qu'elle avait déjà
observée lorsqu'elle habitait la maison
isolée. Sa chambre était inaccessible
à tout autre qu'aux domestiques qui
la servaient. Juliette seule était ad-
mise dans cet intérieur défendu ; mais

cette enfant, dont le caractère repous
sait la mélancolie, préférait courir
dans le jardin avec des compagnes de
son âge, sous la conduite de Germaine, qui ne la quittait pas : aussi,
hors des heures où Juliette devait venir étudier, Alinska restait toujours
renfermée, et ne paraissait pas disposée à rompre le vœu que sans doute
elle avait fait.

Delmont, plus d'une fois, se sur-
prenait à éprouver du dépit de cette
conduite. Il avait craint d'abord le
danger de se trouver en présence de
son amante, maintenant il reprochait
à celle-ci son obstination à le fuir ; et
plus elle semblait vouloir l'éviter, et
plus, par un effet contraire, il deve-

3.   15

nait impatient de la voir. Cependant, quels que fussent ses désirs sur ce point, il n'osait pas les dévoiler encore. Il passait tristement ses journées, soit à lire, soit à parcourir la campagne; ses courses le ramenaient souvent à sa promenade favorite, qui se prolongeait jusqu'au village de Lacroix, sur les bords de l'Arriége. Il se plaisait à parcourir la cime d'un côteau, qui de chaque côté offrait des points de vue agréables, tandis qu'en face de soi, vers le couchant, se déroulait une immense perspective que l'œil ne pouvait se lasser de regarder.

Souvent Delmont aimait à se reposer au devant de la porte de l'église abandonnée du village de Falgarde.

Là, placé sur une pierre qui autrefois avait appartenu à quelque sépulcre, il admira les richesses du paysage qui l'environnait et le contraste frappant des ruines du saint édifice qui le couvraient de leur ombre, en opposition avec la vie animée que présentaient les chaumières voisines. Ici, tout était morne et silencieux, les cloches qui appelaient les fidèles à la prière étaient depuis long-temps brisées, et ne retentissaient plus : la main du temps avait frappé également les murailles de l'église ; elles croulaient en plusieurs endroits, tandis qu'il restait encore sur leur revêtement quelque fragment d'un litre funèbre, témoignage de l'orgueil impuissant néanmoins à se perpétuer, même dans les marbres les plus durs, dans les bronzes les plus compactes. Là, des cultivateurs que l'amour du gain ou les besoins de leurs familles rendaient laborieux, s'occupaient sans relâche ou de la culture des terres, ou des soins dus à leurs troupeaux; des cris, des chansons amusantes annonçaient la présence de l'homme : partout l'activité se faisait remarquer; les plans lointains, chargés de bœufs qui traînaient la charrue, de paysans qui semaient le maïs, achevaient de donner du mouvement au tableau. Mais à mesure que le colonel se rapprochait par la pensée du lieu où il etait assis, les sons mouraient insensiblement à son

oreille; un calme absolu régnait dans
le cimetière qu'il foulait, et ce silence
funèbre, que les oiseaux du Ciel seuls
ne respectaient pas, apportait dans
son âme de mélancoliques émotions,
en le ramenant malgré lui à la double
perte qu'il venait de faire. Lorsque
ses souvenirs l'assiégeaient avec trop
de vivacité, il se levait précipitamment,
et reprenant sa route, il cherchait des
distractions nécessaires dans la contemplation de nouveaux objets.

Mélervant, lassé de son côté de ne
plus voir la Hongroise, forma enfin
la résolution de s'expliquer franchement avec le colonel, dont, comme
nous l'avons dit à plusieurs reprises,
il soupçonnait les sentimens. Il vou-

lait savoir quels rapports particuliers pouvaient exister entre ce dernier et l'étrangère, afin de régler sur ce point la détermination à laquelle il devait s'arrêter pour l'avenir. Mais plusieurs fois il fut contrarié par des circonstances particulières, qui ne lui permirent pas de venir au château lorsqu'il le voulait, ou qui lui firent rencontrer en ce lieu des voisins devant lesquels il ne pouvait convenablement entamer la conférence.

Delmont, sans soupçonner cette résolution, n'était plus aussi libre avec son ami, depuis que sa position à l'égard d'Alinska était changée. Le Docteur, par l'effet de la mort de madame Delmont, se trouvait son

rival.... son rival, c'était un point
qu'il eût rougi de s'avouer à lui-même;
et néanmoins son cœur, malgré lui,
s'en occupait; une crainte vague lui
faisait redouter les instances que Mélervant pouvait lui faire; sa déli-
catesse rougissait du mystère dont
il faudrait qu'il enveloppât ses sentimens, si par cas on le mettait dans
une position difficile : et cela arrive-
rait aussitôt que le Docteur viendrait
lui parler de sa constante passion.

Delmont, ainsi tourmenté, trouvait rarement le sommeil. Souvent,
lorsque les habitans du château étaient
depuis long-temps livrés aux douceurs
du repos, il veillait dans sa chambre,
cherchant, par des lectures assidues,

à échapper à la peine que lui procu-
raient ses réflexions. Mais vainement
il tentait ce moyen pour se distraire ;
l'image d'Alinska, le souvenir d'Hélène le rendaient inattentif, et machi-
nalement ses yeux parcouraient des
mots qui ne se gravaient point dans
sa mémoire.

Une nuit, que plus que jamais il
était tourmenté par de pénibles pensées, il se lassa de son inaction ; et,
pour tempérer l'ardeur de son sang,
il essaya de sortir de sa chambre, vou-
lant aller dans la grande salle du château promener et distraire son inquiétude. Il prit la lampe qui l'éclairait,
et, traversant diverses pièces, il arriva dans celle où il se rendait. Il posa

la lumière sur le manteau de la cheminée antique, et, à la pâle lueur
qu'elle répandait, il erra, marchant
à grands pas au milieu d'une obscurité
à peine dissipée. Depuis un peu de
temps il était dans ce lieu, lorsque la
porte de la grande salle, du côté qui
donnait sur l'escalier, fut agitée.....
Delmont s'arrêta.... bientôt la porte,
vivement poussée, tourna sur ses
gonds, et Alinska parut..... A peine
le colonel put-il la reconnaître, tant
les voiles noirs qui l'enveloppaient
faisaient qu'elle se confondait dans l'é-
loignement avec les ténèbres que la
lampe pouvait difficilement percer;
mais la pâleur de son visage n'en res-
sortait que mieux : elle semblait ne

point tenir à une forme humaine, et,
en sorte d'horrible apparition, s'a-
vancer seule au milieu de l'espace
L'imagination impétueuse de Delmont
la lui représenta même un instant
ailée, et dégouttante de sang. Cette vision disparut avec la rapidité de l'é-
clair, et néanmoins elle terrifia celui
qu'elle avait frappé. Alinska, sans témoigner de surprise à l'aspect de son
amant, qu'elle avait reconnu du premier coup d'œil, s'arrêta dans sa marche, et s'appuya contre un vieux fauteuil, comme si elle eût éprouvé un
subit éblouissement.

Delmont, de son côté, quoique
peut-être plus ému encore, s'appro-
cha aussitôt de la jeune Hongroise.

« Enfin , lui dit-il , je puis vous revoir, et c'est au même lieu et à la même
heure où vous vîntes m'annoncer votre éloignement. Que cette rencontre
est bizarre ! Faut-il que je la doive au
hasard ?

— Il est possible que pour vous le
hasard joue ici son rôle , répondit
Alinska , toujours du ton de son ordinaire mélancolie ; mais , pour moi ,
qui chaque nuit viens respirer dans
cette salle , je ne vois qu'une rencontre qui tôt ou tard devait avoir lieu.

— Quoi ! Alinska , chaque nuit ,
dites-vous , c'est ici que vous venez.
Eh ! par quel charme êtes-vous attirée
dans une salle qui , par son étendue
et son délabrement , ne peut qu'ins-

pirer de désagréables idées, lorsque la lumière du jour ne l'éclaire pas?

— Peu m'importe, Édouard, les splendeurs du soleil ou le funèbre aspect des ténèbres. Je me ris de tout ce qui intimide mon sexe, je me joue avec l'épouvante, et je ne puis me complaire, par la fatalité de mon destin, qu'au milieu de ce que la masse des hommes redoute ou déteste.

— Hélas ! ne changerez-vous jamais? ne reviendrez-vous pas à de moins sombres idées ? Le passé, dont le souvenir est d'abord si pénible, perd de ses angoisses en s'éloignant; souvent même le cours des choses amène des adoucissemens forcés aux peines qui semblaient les plus dura-

bles. Ces effets ne se feront-ils point
ressentir au fond de votre cœur ?

— Non ; ils y glissent, mais ils ne
s'y arrêtent jamais. Vous me parlez du
passé, je ne le connais pas ; le présent
est tout pour moi. Il est fixé sur ma
tête ; je ne recule pas dans la vie, et je
n'avance plus dans l'avenir. Je suis
stationnaire, au milieu des révolu-
tions humaines, et l'espoir que con-
serve le plus misérable, celui qui lui
promet une fin à ses maux, m'est absolument étranger. Que voulez-vous
y faire, Delmont ? Vous avez fixé le
sort d'Alinska, ne vous étonnez plus
s'il demeure immobile.

— Plus je vous écoute, cruelle
amie, plus vos paroles inexplicables

déchirent mon cœur. Quel est ce désespoir sans borne auquel vous vous abandonnez ? Êtes-vous la seule qui ne puisse espérer en l'avenir ? Ah ! revenez à vous ; flattez-vous encore que votre position peut changer ; la fortune ne sera pas toujours contraire....

— Fera-t-elle, Édouard, reprit vivement Alinska, sortir du tombeau votre promesse que j'y ai ensevelie ?

— Ma promesse ! dites-vous ?

— Oui ; celle que vous signâtes avec votre sang, qui vous enchaîne irrévocablement à moi.

— Est-ce le moment de me la rappeler ? et quels que puissent être mes secrets sentimens, ne voyez-vous pas le vêtement que je porte ? ne songez-

vous pas au douloureux événement
qui naguère a eu lieu ?

— Je sais que vous, qui prétendez
souhaiter mon bonheur, n'avez jamais
hésité à faire à mon âme une nouvelle
blessure. Je sais que vous m'avez
trompée indignement : voilà le seul
acte du passé que je me rappelle, celui qui vous accable, et dont vous
gémirez toujours.

— Je souhaitais, Alinska, de vous
revoir ; je ne présageais pas que je
ne me présenterais à vos yeux que
pour ouïr vos reproches. Que vous
êtes injuste, et que vous me connais-
sez mal ! »

Un rayon de joie brilla dans les
yeux mornes de la Hongroise, et sa

bouche retint des paroles qui allaient s'échapper. Un instant de silence s'ensuivit; il n'était pas sans douceur pour elle. Déjà une sérénité, qui depuis long-temps n'avait point paru sur son front, allait s'y remontrer, lorsqu'une cruelle pensée détruisit ce charme instantané. Le regard d'Alinska se remplit d'une farouche expression; elle porta la main sur son cœur, comme pour en comprimer les douloureux battemens.

« Et moi aussi, Edouard, j'éprouvais un besoin impérieux de nous retrouver ensemble. Il me semblait qu'en nous revoyant, nous pourrions nous reporter à une époque éloignée et bienheureuse : vous le dirai-je

même ? Il serait possible que vous
vous présentiez à moi tel que vous
étiez alors, tandis que votre infortunée amie ne possède plus rien de ce
qui vous charmait autrefois.

— J'aimais alors autant les vertus
de votre âme, que les charmes de
votre personne. Le temps a pu vous
enlever une faible portion de vos attraits ; mais a-t-il pu quelque chose
sur de précieuses qualités contre lesquelles sa faulx dévorante a dû s'é-
mousser ?

— Je n'ai rien à vous répondre ici ;
ma voix ne pourrait se faire entendre,
tant elle est commandée par d'affreuses douleurs. Tout ce que je puis
vous dire, c'est que mon corps est tel

3.   16

qu'il fut alors ; que vous seul avez
occupé toutes les facultés de mon
âme, et que le vide dans lequel je
suis maintenant ne tient à rien de ter-
restre. Ce dégoût est l'enfant de l'éternité. Adieu ; il faut que je m'éloigne.
Ne prolongeons pas davantage un entretien qui ne peut que nous causer
de la peine ; mutuellement éclairés
sur nos sentimens, attendons ce que la
Providence décidera. Ah! quelle est pe-
sante la tâche dont sa colère m'a chargé!

— Oui, comme vous je pense que
nous n'avons plus rien à nous communiquer. Laissons couler le temps ;
nous nous retrouverons un jour où il
nous sera permis de nous rejoindre,
et alors.....

— Et alors nous marcherons droit ensemble au tombeau, qui doit nous servir de couche nuptiale.....

— Quelle horrible prédiction ! Alinska, vous êtes la plus cruelle des femmes ! ne devez-vous apercevoir qu'un cercueil dans l'avenir ? »

Alinska ne répliqua pas ; elle s'éloigna avec précipitation ; et, lorsqu'elle fut passée dans l'escalier, elle laissa échapper quelques éclats de rire qui portaient une telle empreinte d'horreur, que Delmont, demeurant comme glacé d'effroi, crut ouïr l'affreuse gaîté d'une puissance infernale.

« Pauvre fille, dit-il, elle aussi a sa part de cette hallucination amenée

par de grandes infortunes. Ses bizarreries ont dénaturé un aimable caractère; mais elle est plus intéressante
par ses malheurs, que telle autre le
serait par une suite constante de pros-
pérités. Peut-être reviendra-t-elle
entièrement à de plus justes idées;
peut-être la cause qui l'a réduite en
ce pénible état saura-t-elle l'en affran-
chir. »

Tandis qu'il achevait ces paroles,
que dans son agitation il avait prononcées à haute voix, il crut entendre derrière lui un profond soupir.
Il se retourna promptement, et dans
la partie la plus obscure de la salle,
il aperçut confusément une figure
vêtue de blanc, qui tenait un enfant

par la main, et qui entra avec lui
dans le salon de compagnie..... Delmont, malgré son courage, frissonna
à la vue de cette étrange apparition.
Son imagination même l'avait revêtue
de traits qui lui rappelaient de chers
et d'accusateurs souvenirs. Il hésita
sur ce qu'il avait à faire ; mais bientôt, saisissant sa lampe, il se trans-
porta dans le salon..... Il le trouva
solitaire : lui seul, par sa course pré-
cipitée, en troublait le silence. Il avait
vu, pourtant vu..... il regagna sa
chambre, baigné de sueur et déchiré
de remords.

CHAPITRE XXIII.

DELMONT ne fut pas chercher le sommeil ; il demeura enseveli dans de cruelles pensées, et continua durant tout le reste de la nuit à se promener à pas précipités, et tantôt à regarder par une fenêtre qu'il avait ouverte l'effet produit par la lune sur le vaste paysage qui se développait autour de lui. Vainement voulait-il douter de la réalité de la vision qui avait frappé sa vue, toutes les circonstances se réu-nissaient afin de lui donner l'assu-

rance qu'il n'avait pas été la dupe
d'une décevante illusion. L'aube arriva enfin. Alors plus calme, il sentit
diminuer dans ses sens l'horreur presque invincible qui nous glace pendant
le règne des ombres de la nuit ; son
sang rafraîchi coula plus tranquillement, et son cœur cessa de battre
avec cette violence qui laissait à peine
à Delmont la faculté de respirer.

Chaque matin la petite Juliette venait, en se levant, embrasser son père :
c'était pour celui-ci un plaisir mêlé
d'amertume, mais dont il n'eût pas
consenti à se priver. Ce jour même,
l'enfant parut à l'heure accoutumée ;
mais sa physionomie, ordinairement
riante, était obscurcie ; et l'on voyait

une extrême pâleur répandue sur ses traits.

« Es - tu malade ? ma fille, lui dit Delmont avec le ton de l'inquiétude.

— Non, mon père, répondit-elle, mais je n'ai point passé une bonne nuit.

— Et qui t'a empêché de dormir ? C'est un devoir dont Germaine prétend que tu t'acquittes à merveille.

— Oh ! papa, je vous le dirai bien, si ce n'était que ma bonne m'a défendu de vous en parler.

— Je devrais peut-être cesser ici mes questions ; néanmoins je serais curieux de connaître la cause de ton insomnie. Elle doit avoir une certaine importance, car ton visage n'est

pas orné de ces belles couleurs qui le
parent ordinairement.

— Vous ne pleurerez pas si je vous
conte la vérité.

— J'espère avoir assez de force
pour surmonter le premier mouvement, si ton récit est tragique, répliqua Delmont en affectant de sourire,
quoique déjà, par un pressentiment
fâcheux, un mouvement d'effroi s'é-
levât dans son âme.

— Eh bien! Eugène et ma bonne
mère sont venus me visiter. Ils ont
demeuré presque toute la nuit aux
deux côtés de mon lit, afin de me défendre, m'ont-ils dit, contre la féro-
cité du démon qui leur a donné la
mort, et qui devait venir s'abreuver

3.   17

de mon sang. Ils m'ont fait peur d'a-
bord, mais ensuite j'ai été bien rassurée. Eugène avait l'air si heureux !
Ma mère me regardait avec tant de
tendresse ! Ils m'ont promis de ne
plus me perdre de vue; et au point du
jour ils sont partis, m'assurant qu'a-
lors je n'avais plus rien à craindre.
Ils m'ont parlé de beaucoup de choses :
mais croiriez-vous qu'ils n'ont jamais
voulu prononcer votre nom , et pourtant je leur ai dit combien vous les
pleuriez. Ils ont hoché la tête , et ont
souri sans me répondre. »

L'enfant eût pu continuer plus
long-temps sa narration effrayante,
que son père n'eût pas songé à l'interrompre. Muet de confusion , frappé

au fond du cœur par tout ce que l'é-
pouvante, le désespoir et l'horreur
ont de plus déchirant, il demeurait
immobile sur son fauteuil, comme si
déjà il avait reçu le coup mortel. Le
rapport inconcevable entre ce qu'il
avait vu et ce que sa fille lui appre-
nait, le plongeait dans un abîme de
réflexions dont il ne pouvait se décider à sortir. Pour la première fois at-
teint d'une terreur superstitieuse,
il se trouva sous l'empire des préjugés. Cependant les instans s'écou-
laient ; Juliette était toujours debout
devant lui, attendant sa réplique. Il
se décida enfin à rompre le silence ; et
d'une voix émue ; il la remercia de ce
qu'elle lui avait appris.

« Tu dois, lui dit-il, regarder ce songe comme un bienfait de Dieu. Il a voulu te faire connaître que ta mère et ton frère veilleront sur toi du haut du ciel, pour te défendre contre le démon, ou pour mieux dire le péché : voilà l'explication des paroles qu'ils ont prononcées.

— Oh ! papa, lorsqu'ils sont venus je ne dormais pas. Ils sont entrés par la porte de ma chambre, qui communique au salon de compagnie. Ils ne m'ont point parlé de péché, mais seulement d'un méchant esprit qui veut tous nous perdre, et qu'ils ont nommé un *Vampire.* Je sais bien ce que c'est, car le pauvre Raoul, avant de mourir, nous a souvent conté l'histoire de cette

mauvaise race; je puis la répéter sans
en oublier un mot. Les Vampires, ou
Boucolâtres.....

—Je la sais mieux que toi, mon
enfant; ce sont ces récits qu'on eût
dû vous épargner, qui, montant ton
imagination, t'auront troublée durant
la nuit dernière. Crois-moi, oublie ton
rêve, on se moquerait de toi si tu le
répétais; tu passerais pour une petite
fille peureuse, et l'on pourrait bien
te taxer de mensonge, si tu préten-
dais ne pas avoir dormi. Pour moi, je
ne doute pas de ta véracité; tu as cru
voir ce qui n'a été qu'une illusion : je
te prierai surtout de garder le silence
sur toutes ces choses, vis-à-vis de
madame Alinska. Tu lui ferais beau-

coup de peine et à moi aussi, dans le cas où tu oublierais ma défense.

— Soyez sans inquiétude à ce sujet, mon papa ; je savais à l'avance que je ne devais rien lui dire. Eugène me l'avait bien recommandé ; il prétend qu'elle est ma mortelle ennemie. »

Ce nouveau coup atteignit le but qu'il devait heurter. Delmont se levant aussitôt, pour essayer de se remettre, congédia sa fille, afin de ne plus rien entendre qui pût ajouter à ses tourmens. Il ne concevait point par quelles causes singulières tant de bizarres objets s'étaient réunis dans le même lieu ; par quelle fatalité les erreurs d'un rêve revêtaient toutes les formes de la vérité. Hélas ! il le savait trop bien lui-même, qu'une marâtre est presque toujours l'ennemie des enfans qu'elle n'a pas conçus. Son père s'était marié en secondes noces, et toute la jeunesse du colonel avait été empoisonnée par des querelles journalières, des accusations injustes, des tentatives faites pour le brouiller avec l'auteur de ses jours, ou pour lui enlever la meilleure portion des biens de celui-ci. Pour la première fois il pensa au tort qu'il ferait à sa fille, si jamais il prenait une autre épouse; et la tendresse paternelle éleva un nouveau combat dans son cœur.

A l'heure du déjeûner, ce ne fut pas sans une vive surprise qu'il vit entrer Alinska dans la salle à manger.

Elle paraissait vouloir se montrer
contente, et néanmoins un dépit extrême perçait à travers sa feinte joie.
Elle regardait Juliette avec la sombre
expression d'un courroux contenu;
mais elle ne se livrait à ce transport,
que lorsque les regards de Delmont
n'étaient point attachés sur ses traits.
Elle plaisanta sur la longue retraite
qu'elle avait gardée, se promettant
désormais, non de renfermer sa douleur, mais de chercher à la distraire.
Elle fit briller avec tant d'avantage
son esprit, elle parut avec tant de grâces et de charmes, que le colonel,
d'abord sur ses gardes, ne tarda pas
à céder à l'influence qu'elle désirait
exercer sur lui. Tout le passé, s'il ne

put être oublié, fut au moins re-
poussé. Edouard ne vit plus qu'Alinska aux premiers jours de leur passion
réciproque, et son enchantement fut
porté au comble, lorsque prenant sa
harpe, qui depuis long-temps n'avait
pas été interrogée, elle chanta avec
un goût exquis la romance suivante,
que Delmont avait autrefois entendue,
et qui alors exprimait une partie de
ce que la jeune Hongroise ne voulait
point avouer : elle peignait aussi l'embarras de sa position en présence d'un
bel officier qui, placé par la fortune
au-dessus d'elle, ne paraissait point
fait pour descendre jusqu'à répondre
à son amour.

LA PAUVRE HONGRAISE.

ROMANCE (1) N° IV.

On dit qu'une fois dans la vie
Ardeurs d'amour il faut souffrir;
Que du plaisir peine est suivie;
Que bonheur enfin vient s'offrir.
Jeune Hongraise,
Ne t'en déplaise,
Je crains le mal que tu vantes ainsi.
Dans mon asile
Je suis tranquille,
Et puis bonheur vaut mieux que long souci.

Est-il donc vrai que la tendresse
Malgré moi descende en mon cœur?
J'éprouve une fatale ivresse :
Noble Français est mon vainqueur.
Pauvre Hongraise,
A Dieu ne plaise
Que je me livre à ce doux sentiment !

---

(1) Mise en musique par Mlle Adèle Sendrier.

LA PAUVRE HONGRAI

CHANSON TYROLIENNE.
Musique de Melle A. SANDR

N.º 4.

Allegretto.

Chant.

Piano
ou
Harpe.

On dit qu'u-ne fois dans la vi-e ar-deur d'a-mour il faut se

-heur en-fin vient s'of-frir, jeu-ne hongrai- -se ne fen de-plai- -se je crains le mal que tu va

-pos vaut mieux que long sou- -ci, et pur re-pos vaut mieux que long sou- -ci.

LA PAUVRE HONGRAISE.

CHANSON TYROLIENNE.

Musique de Mlle A. SANDRIÉ.

...e ar-deur d'a--mour il faut souf-frir, que du plai-sir peine est sui--vi-e, que bon-heur en-fin vient s'o...

...se je crains le mal que tu van--tes, ain--si dans mon a--si----le, je suis tran--qui----le,

ux que long sou--ci.

mour il faut souf-frir, que du plai-sir peine est sui--vi-e, que bon-heur enfin vient s'offrir que bon-

mal que tu van--tes, ain--si dans mon a--si—le, je suis tran-qui—le et pur re-

-ci.

Il séduit l'âme ;
Mais telle flamme
Doit à la fin causer cruel tourment.

Oui, j'aime et ne puis m'en défendre ;
Je perds et repos et gaîté ;
Toi dont le regard est si tendre ,
Croirai-je à ta sincérité ?
Franche Hongraise ,
D'une Française
N'a ni l'esprit, ni l'attrait enchanteur :
Son innocence
Et sa constance
Doivent te plaire ou causer son malheur.

Tandis que la belle étrangère achevait le dernier couplet de son chant, le Docteur, qu'on n'attendait point, venait d'arriver au château. Surpris d'ouïr des sons harmonieux, qui peut-être n'eussent point dû retentir encore sous des voûtes que les ornemens de deuil n'avaient pas abandonnées, il arrêta ses pas au moment d'entrer dans la salle, et une glace placée en face de la porte lui donna la facilité d'observer ce qui se passait. Mélervant venait dans l'intention de s'expliquer avec le colonel, au sujet d'Alinska, et ce qu'il vit en ce moment le dispensa d'entamer une conversation désormais inutile. Les transports de Delmont, les regards de la Hongroise, cet accord si facile à reconnaître entre deux cœurs qui partagent les mêmes sentimens, tout lui donna la preuve qu'un amour plus ancien qu'il n'eût pu le croire unissait ces deux personnages. D'horribles soupçons naquirent tout à coup dans son cœur;

il les repoussa néanmoins avec vivacité ; il en eut honte. Il ne pouvait douter de la loyauté du colonel ; mais la
sombre, la farouche Alinska ne lui
inspirait point la même confiance.
Alors s'éclaircirent pour lui des mys-
tères dont la profondeur le firent trem-
bler. Il jugea néanmoins convenable
de se montrer, et il entra dans le salon lorsque le colonel enchanté demandait à Alinska une seconde romance. Sa présence parut contrarier
la Hongroise, qui, après les premiers
complimens, abandonna la compagnie
et se retira dans sa chambre. Delmont,
tourmenté par cette retraite, qui le
laissait pour ainsi dire au pouvoir du
Docteur, eût bien voulu que quelque

visite vînt rompre le fâcheux tête-à-
tête : aucune ne se présenta, pas
même M. Berneval, assez accoutumé
à faire chaque jour sa partie d'échecs
avec le colonel.

L'embarras de ce dernier était vi-
sible; il inspira une sorte de pitié à
celui qui le causait : aussi, pour le
faire cesser, il commença brusquement l'attaque :

« Monsieur Delmont, lui dit-il,
vous êtes un homme d'honneur; je
crois avoir quelque droit à votre es-
time. Veuillez répondre à une seule
phrase que je vous adresserai; elle
n'aura rien d'hostile, elle servira seulement à régler ma conduite posté-
rieure. Connaissiez-vous la belle

étrangère qui a long-temps agité mon
cœur, avant qu'elle parût dans cette
commune pour la première fois ?

— Docteur, répondit le colonel
avec beaucoup d'émotion, si tout autre m'interrogeait, je me renferme-
rais à son égard dans un profond silence. Mais je sais combien je suis
coupable envers vous, je ne puis ré-
parer mon tort que par mon exces-
sive franchise. Alinska fut la première femme qui me donna de l'a-
mour. J'étais alors dans sa patrie ; je
ne pus triompher de sa vertu, et
néanmoins je l'oubliai, après m'être
engagé par les plus solennelles pro-
messes. Elle ne renonça pas à moi ;
elle me poursuivit en France, me de-

vina dans cette partie détournée du
royaume, vint m'y rejoindre sans
m'en informer, et tant que la vie de
ma femme infortunée a duré, je n'ai
encouragé sa passion en aucune manière. Voilà toute la vérité; je jure,
par les décorations des braves que je
porte, l'exactitude des faits dont je
vous ai fait le récit.

— Il suffit, colonel, je n'en demande pas davantage; peut-être au-
riez-vous dû seulement ne pas tant
tarder à faire cette confidence.

— Le pouvais-je, mon ami? le secret des autres est-il entièrement le nô-
tre? Devais-je disposer de celui d'Alinska? Je ne l'ai révélé que pour vous seul,
et vous ne le confierez à personne.

— Adieu, M. Delmont, puissiez-
vous être heureux ! puisse le temps
à venir ne point vous laisser regret-
ter le passé ! »

Après ces mots, Mélervant s'éloigna, malgré les vives instances que
fit le colonel pour l'engager à dîner
avec lui.

« Non, souffrez que je parte, je
ne dois point troubler par ma présence les sentimens de l'étrangère.
Elle serait gênée avec moi; je ne
serais point satisfait devant elle. Adieu,
encore une fois; recevez, je le répète, les vœux que je forme pour
votre bonheur. »

Tout était sans doute naturel et
convenable dans ce que disait le Doc-

teur, et néanmoins Delmont crut y
reconnaître une empreinte de reproche qui le dépita. Il se contint pourtant, rejetant ce que pouvait avoir
d'amer la conduite de son ami, en
cette circonstance, sur le désappoin-
tement d'un amour dédaigné.

Plusieurs semaines s'écoulèrent à la
suite de cet entretien, durant lesquelles Delmont, s'abandonnant par
degré au penchant de son âme, rendit une seconde fois la vierge Hongroise souveraine maîtresse de son
cœur. Celle-ci paraissait tantôt heureuse de ce sentiment, et tantôt
retombait dans sa farouche mélancolie. Plus elle prenait d'empire sur
son ancien amant, et plus elle se li-

vrait à d'extrêmes caprices. Elle vint
principalement à témoigner une aver-
sion extrême pour la jeune Juliette :
on eût dit que la vue de cette enfant
lui causait une peine secrète. En vain
cherchait-elle à dissimuler ou à vaincre ce singulier éloignement, elle ne
pouvait y parvenir; il éclatait dans
toutes ses actions; il se peignait dans
tous ses regards. Delmont ne put
long-temps l'ignorer : il en témoigna
sa surprise et même son mécontentement.

« Oh! Edouard, répliqua l'étrangère, je me le reproche plus que tu
ne peux le présumer. Je sens combien ma haine est injuste à l'égard de
cette aimable créature; mais peut-on

commander aux mouvemens de son cœur? Je devrais seule régner dans le tien, et tout ce qui sert à te rappeler une autre m'est insupportable. Le temps, je l'assure, me rendra plus raisonnable ; mais aujourd'hui je ne puis triompher de moi-même. En t'aimant plus que jamais, j'ai repris ma faiblesse humaine. Aie pitié de moi, endure quelques-unes des peines qui m'assiégent depuis ton fatal abandon. »

Ce discours et des larmes répandues avec adresse calmèrent l'agitation du colonel. Il crut devoir ôter de devant les yeux de celle qui le subjuguait, un sujet constant de chagrins involontaires, et, sans en pré-

venir Alinska, il amena un matin Juliette à Toulouse, et la mit en pension
chez les religieuses Maltaises, se
flattant que sa séparation avec sa fille
ne serait que momentanée ; la Providence en ordonna autrement.

L'inexplicable Alinska ressentit une
peine cruelle du départ de Juliette.
« La faire sortir de votre maison, dit-
elle au colonel, est me contraindre à
m'en éloigner moi-même. C'était pour
elle que j'étais ici ; elle n'y est plus :
à quel titre maintenant puis-je y demeurer ?

— A celui qui me serait le plus
cher, Alinska, reprit avec tendresse
son amant ; à celui que j'aurais souhaité déjà vous offrir, si les sévères

lois de la bienséance ne m'avaient re-
tenu. Vous deviez être à moi lorsque
ma folie posa entre nous une barrière
qui devait être insurmontable. Il a
convenu à la Providence de la lever ;
me refuserez - vous ce qui autrefois
vous eût peut-être rendu heureuse? »

Alinska devait certainement s'attendre à une pareille déclaration, et
néanmoins elle demeura toute inter-
dite, tandis que Delmont lui parlait.
Mille sentimens divers s'agitaient dans
son âme; elle éprouvait tout à la fois
les émotions du bonheur et celles du
désespoir; elle voyait approcher le
moment qui allait décider de son existence; elle savait où devait la conduire la cruelle mission qu'elle allait

remplir; elle n'eût dû porter dans son cœur que la vengeance, et l'amour qui triomphe de tout ce qui existe sur la terre, usurpait une partie de ces battemens que l'enfer excitait. Pâle et oppressée, Alinska frémissait de la réponse qu'elle allait faire. En vain l'absolu pouvoir qui lui commandait agissait impérieusement sur elle, par ses sens elle appartenait encore à la terre, et avait par conséquent la possibilité de lutter, si ce n'était avec avantage, du moins avec opiniâtreté. Aussi faisant un effort, elle s'écria :

« Non, Edouard, non, ne me parlez pas d'une cérémonie à laquelle j'attachais jadis toute la félicité de

mon existence. Puis-je désormais être
à vous, lorsque moi-même je ne
m'appartiens pas? d'ailleurs, où por-
tez-vous vos prétentions? faible enfant
des hommes, quelle union me pro-
posez-vous? Irai-je me prosterner
aux pieds des autels qui m'ont repous-
sée? Je vous l'ai déjà dit, bannie des
temples du Seigneur par une malé-
diction terrible, je n'oserai pas en
franchir la redoutable enceinte. Vous
la croiriez libre pour nous, et moi
j'y apercevrais un ange extermina-
teur qui échapperait à votre vue mortelle. Vous m'aimez, dites-vous? eh
bien! donnez-m'en la preuve, en ne
m'importunant pas davantage. Je crois
à votre tendresse, cela doit vous suf-

fire : il ne vous est pas permis de douter de la mienne.

— Et c'est parce qu'elle parle si vivement à mon cœur, que je veux me l'assurer. Cruelle amie, reprenez maintenant l'entier exercice de votre raison ; ne vous forgez pas des fantômes. Le suicide même incomplet est sans doute un crime devant la Divinité, mais s'il n'est pas de faute que le repentir n'efface, pourquoi la vôtre serait-elle poursuivie par une inflexible rigueur ?

— Voilà bien les hommes ! On est dans le délire toutes les fois qu'on leur parle de ce qu'ils ne comprennent pas, ou qu'on leur annonce une vérité qu'ils ne peuvent dévoiler. Sa-

vez-vous si le moment où vous croiriez accomplir notre commune félicité ne serait pas celui de notre séparation éternelle? et cette séparation
me comble d'horreur. Ici nous pouvons rester ensemble; là-bas (poursuivit-elle en baissant la voix); nous
n. . . . . . rons chacun dans une route
opposée. Que dirait le prêtre devant
lequel j'irais me présenter?

— Posséderait-il le don de la divi-
nation? serait-il instruit à R*** de la
faute que l'amour vous fit commettre
en Hongrie?

— Edouard, Dieu marqua d'un signe terrible le front du fratricide
Caïn; je porte sur le mien un signe
également formidable : vous ne le

voyez pas, mais lui, lui l'apercevrait, et alors il faudrait vous dire adieu pour jamais; car il y a ici, comme dans la Hongrie, une terre consacrée toujours prête à recevoir les corps qui doivent se dissoudre.

— Pauvre fille ! que je vous plains ! ainsi vous égarent les préjugés de votre éducation ; ainsi, par une crainte chimérique, vous vous opposerez à notre commun bonheur. Mais au moins, si vous redoutez tant les rigueurs de l'église, aurez-vous peur également de l'union consacrée par les lois ?

— Oh ! pour celle - là peu m'importe ; une main sacrée ne toucherait point ma main. »

A ces paroles que Delmont entendit avec quelque joie , il porta néanmoins un regard involontaire sur le gant noir qui couvrait en ce moment la main d'Alinska, et que jamais elle n'avait ôté : cette bizarrerie lui inspira une soudaine curiosité , mais il n'eut garde de la faire connaître; il remit à un autre temps à la contenter.

« Ainsi, vous consentez à m'appartenir, du moins à la manière humaine. Je ne vous en demande pas maintenant davantage ; plus tard vous acheverez de condescendre à mes vœux, et alors..... »

Un sourire mélancolique , un balancement de tête qui annonçaient une persistation dans le refus, devinrent

la seule réponse de la Hongroise.
Delmont parut ne pas y faire attention ; il espéra tout du temps et du
pouvoir de sa tendresse.

CHAPITRE XXIV.

Avant de conduire Alinska devant l'officier civil, Delmont laissa encore écouler quelques mois. Vainement sa première passion, rallumée avec violence, ne lui permettait pas d'apprécier l'inconvenance de cette démarche trop hâtée. Un sentiment confus de son devoir le retenait malgré lui; les vertus de sa femme avaient inspiré aux habitans de la commune la plus complète admiration; les bizarreries de la Hongroise, par un effet

opposé, les éloignaient; et il était à
redouter qu'instruits de l'union qu'il
allait contracter avec elle, ils ne se
livrassent à ces insultes déguisées sous
le nom d'amusement, par lesquelles
on flétrit dans les petites villes et dans
les campagnes le premier jour d'un
second mariage. Néanmoins, Delmont
ne pouvait toujours hésiter; il fallait
qu'il prît un parti; et enfin il se décida à parler secrètement au premier
magistrat du lieu. Celui-ci, surpris de
la confidence, ne témoigna pas cependant combien il en était peiné.
Son devoir se bornait, en de pareilles
circonstances, à remplir les formalités
voulues par les lois : il se renferma
strictement dans les bornes de ses

obligations, et promit pourtant, afin d'éviter un éclat public, de venir au château faire la cérémonie nuptiale.

Ce soin rempli, Delmont, poussé par un pouvoir qui agissait en lui, voulut essayer de contraindre Alinska à devenir entièrement son épouse ; et sans lui en parler, sans même qu'elle pût le soupçonner, il conféra sur ce point important avec le Curé de la paroisse, qui lui promit de se prêter à tout ce qui pourrait être fait pour faciliter l'union religieuse des deux amans. Le colonel, plein de franchise et de loyauté, ne balança pas à lui faire une entière confidence. Il lui apprit l'action désespérée qu'Alinska avait tentée sur elle-même ; les ter-

reurs religieuses qui en étaient la
suite, combien elle redoutait d'entrer
dans une église, d'où il lui semblait
que la colère divine l'écarterait ; la
frayeur que lui inspirait un ministre
de la religion, et la nécessité d'user
de ménagemens envers une femme
affaiblie par ses malheurs et les préjugés.

Le Curé n'était point, par bonheur,
de ces hommes qui, placés par leurs
mesquines idées au centre d'un cercle
étroit, ne savent point comment on
doit en sortir. Plus éclairé, mieux
instruit de tout ce qu'il avait le droit
de faire, il songea que, pour un
grand bien, celui d'éviter le scandale,
il lui était permis de s'éloigner des

règles ordinaires, puisqu'en les suivant il y avait du danger à ce qu'elles
fussent promptement violées. Il regarda l'effroi de la jeune fille, les remords qu'elle éprouvait de son action
coupable, comme satisfaisant assez
aux lois de l'église : il vit dans son repentir tout ce qu'il fallait pour remplacer, au moins momentanément,
la révélation voulue au tribunal de la
pénitence. Dès lors il ne fit aucune
difficulté de s'engager à venir, à minuit, bénir, dans la chapelle du château, le mariage d'Alinska et du colonel, après que l'officier public aurait
fait ce qu'il avait à faire.

Charmé d'avoir obtenu ce point important, Delmont revint auprès de son

amante, et, s'approchant d'elle avec
émotion, lui apprit que ce soir même
ils seraient irrévocablement unis. Une
soudaine rougeur colora les joues de
la belle étrangère, mais en même
temps un nuage de tristesse se repan-
dit dans ses yeux ; elle trembla de
tout son corps, et fut contrainte de
s'appuyer contre une table qui se
trouvait auprès d'elle.

« Déjà ! Edouard, dit-elle ; déjà !
vous vous êtes bien pressé ! ne pou-
viez-vous souffrir que notre bonheur
fût prolongé encore quelque temps ?

— Est-ce le détruire que de le fixer
à jamais près de nous ! Notre union,
solennellement approuvée, perdra-
t-elle de sa douceur, par cela même

qu'elle ne pourra plus être rompue ?

— Vous le croyez, insensé que vous êtes ! vous ressemblez à tous les mortels ; vous ne voyez que le présent ; l'avenir ne vous frappe point, à moins que votre imagination ne l'embellisse.

— Et c'est ce que la mienne fait en ce moment. Pourquoi vous-même demeurez-vous plongée dans cette mélancolie qui absorbe les facultés de votre âme ? Que veniez-vous donc chercher auprès de moi, si ce n'était l'espérance de nous unir ? Ne me réclamiez-vous pas comme vous appartenant ? Je reconnais votre droit, je me livre maintenant ; repousserez-vous votre bien ?

— Oh ! pour être à moi, ce point
ne peut m'être contesté. La promesse
tracée avec votre sang en est le gage
bien plus assuré que toutes ces cérémonies qui me sont indifférentes.
Mais, satisfaite de vous voir, je redoute l'heure qui me donnera sur
vous des droits affreux. Edouard, ah !
si tu m'en crois, vas supplier le magistrat de ne point venir selon ta
prière; tu ne soupçonnes pas tous les
malheurs qui t'attendent, si tu te lies
irrévocablement avec moi. »

Elle dit; et d'une course impétueuse elle échappe à Delmont, et va
chercher dans son appartement une
retraite que celui-là n'osa point troubler. Il demeura interdit de ce qu'il

venait d'entendre. Il réfléchit à quel point d'exaspération monterait peut-être le délire d'Alinska, lorsqu'elle se verrait en présence du ministre des autels ; mais il n'était plus temps de prendre un autre parti ; la barque était lancée, elle devait aborder au port.

Deux témoins étaient indispensables pour contracter une union légitime, soit devant l'officier civil ou le Curé de la paroisse. Delmont choisit son domestique et le fermier du château : il les avait auprès de lui, il était certain de les trouver au moment qu'il faudrait ; et par conséquent il n'y avait pas de danger qu'en les prévenant à l'avance ils fussent, par une indiscrète révélation, éveiller la malignité publique, qui déjà, soupçonnant ce qui allait se passer, s'était répandue en menaces d'effectuer ce que le colonel redoutait beaucoup. Celui-ci, immédiatement après son mariage, voulait monter en voiture, pour se rendre d'abord à Toulouse avec sa nouvelle épouse, et puis à Paris, où désormais il fixerait son séjour. L'habitation de R*** lui semblait maintenant insupportable; elle lui rappelait de trop cruels souvenirs, qui étaient pour lui un inépuisable sujet de chagrin et de confusion.

La nuit arriva enfin. Alinska, toujours renfermée dans sa chambre, avait témoigné le désir de n'en sortir

qu'au dernier moment. Delmont, agité
par tout ce qui peut émouvoir le
cœur de l'homme, errait çà et là, ne
sachant s'arrêter nulle part. Un vent
d'ouest impétueux soufflait en ce moment ; il pénétrait dans le château,
et par des sifflemens variés tantôt imi-
tait les plaintes d'un être qui souffre,
ou les éclats d'une joie infernale ; il
frappait avec violence contre les fenêtres, qui craquaient à chaque instant ;
il ébranlait les portes intérieures, et
leur faisait rendre un lugubre mur-
mure ; sa fureur était telle enfin, que
l'âme du colonel en ressentait une espèce de terreur. Il éprouvait un saisisse-
ment qui n'était point celui de la joie,
et plus d'une fois il fut sur le point de

convenir avec lui-même , et en imi-
tant Alinska , que l'heure d'une union
souhaitée pouvait néanmoins ne pas
être celle du bonheur.

Dans une des courses sans but qu'il
faisait au milieu du château , il se rapprocha de la salle où veillaient en ce
moment ses domestiques et les gens
de la ferme. Ils parlaient entre eux
de l'ordre qu'il avait donné , pour
qu'à minuit la voiture fût prête ; les
uns étaient surpris qu'il voulût partir
aussi tard ; les autres cherchaient à
deviner quel pouvait être le but de ce
voyage inopiné.

« Cela ne m'étonne pas, dit un des
fermiers , nous savons depuis long-
temps que le colonel ne doit point

3.   20

passer les nuits tranquilles : aussi lui
est-il plus agréable de courir dans ces
momens , que de rester dans son lit
à attendre l'affreuse visite qu'il y re-
çoit.

— Que dites-vous là , Pierre , s'é-
cria Jeannette avec une voix dans laquelle l'effroi était déjà empreint , de
quelles visites parlez-vous ?

— Et de celles que la femme de
monsieur ne manque pas de lui faire
depuis qu'elle est morte. Voilà que le
carillonneur , M. le curé , dit-on ,
et la mère de Pernot , qui n'en fait
pas un mystère , ont vu à plusieurs
reprises notre ancienne maîtresse sortir de la tombe , appeler son jeune
fils , qui se levait également , et pren-

dre tous deux le chemin du château,

— C'est là un abominable mensonge, dit le domestique du colonel, qui, élevé dans une grande ville, donnait moins de créance à ces superstitions.

—Ne vous fâchez pas, M. Gervais, cela vous ferait mal, répliqua Pierre; aussi bien, ne tarderez-vous pas à voir peut-être ce que d'autres ont vu. Il me semble que cette nuit aura ses merveilles, comme les précédentes, car l'apparition aura lieu, selon toute apparence, de meilleure heure. Je viens d'aller chercher des pigeons à Souterrène; eh bien! j'ai rencontré en chemin la mère Parnot. Pierre, mon garçon, m'a-t-elle dit, tu vas au châ-teau; répète, si tu m'en crois, tés

prières du soir ; ajoutes-y un *De pro-*
fundis et deux *Pater*, car il va se passer en ce lieu des choses étranges. Ceux
qui rôdent dans la nuit, sans crainte
des malfaiteurs et des bêtes enragées,
se sont réveillés plutôt que de coutu-
me; le vent qui souffle comme jamais il
n'a soufflé, les a appelés sans doute,
et je viens de les voir passer il n'y
a qu'un instant ; ils marchaient plus
vite qu'à l'ordinaire, comme s'ils crai-
gnaient d'arriver trop tard.»

Il eût fallu une force d'âme plus
qu'humaine à Delmont, pour qu'il ne
fût pas saisi en écoutant ce récit étrange.
Ses sens consternés lui enlevèrent une
portion de son énergie, et craignant
d'ouïr la suite de cette conversation,

il se retira à pas lents, et monta l'escalier. Il était déjà à la hauteur du
premier repos, lorsqu'il entendit,
durant un des intervalles de calme
que le vent laissait, un bruit assez
léger derrière lui, qui paraissait pro-
venir d'une respiration oppressée. Il
s'arrêta subitement, se retourna......
deux figures blanches passèrent rapidement à ses côtés et se perdirent
dans les ténèbres...... il les avait vues,
il avait cru les reconnaître. Ses ge-
noux fléchirent sous lui; il lui fut
impossible de surmonter sa terreur,
et tombant sur un degré, il demeura
long-temps dans une immobilité complète, en proie à toutes les angoisses
d'une déchirante horreur.

Un bruit confus de voix le tira de cet état d'accablement ; il reconnut celle de l'officier municipal. Alors il se leva avec promptitude , et tâchant de déguiser son effroi , il s'avança pour recevoir celui que , quelques momens auparavant , il attendait avec tant d'impatience. Le premier mot que lui adressa le nouveau venu fut une question sur l'état de sa santé , tant sa figure paraissait renversée. Delmont répondit évasivement , et conduisit le magistrat dans le salon de compagnie , où il le laissa un instant pour aller annoncer sa venue à Alinska.

Il fallait traverser le corps de logis qui s'ouvrait sur le nord , pour par-

venir à l'appartement de la Hongroise.
Delmont avait fait éclairer les diverses
pièces qui précédaient, et néanmoins,
en les parcourant, à peine osa-t-il lever les yeux, tant il s'attendait à ce
qu'ils fussent frappés par une apparition sinistre, et tant il croyait ouïr
d'étranges sons qui ne provenaient
pas de la tempête.

Alinska tressaillit en le voyant, et
plus encore lorsqu'il se fut expliqué.
Elle jeta sur lui un regard dans lequel se peignaient tant de sensations,
qu'il eût été impossible de les décrire.
Elle avait quitté ses vêtemens de deuil;
une robe blanche, sans ornement,
parait sa taille élégante ; un simple
collier de perles, une fleur d'oranger,

placée dans ses cheveux, étaient les
seuls ornemens qu'elle se fût permis.
Elle était belle, si on peut l'être lorsque des traits prennent en même
temps plusieurs expressions diffé-
rentes, et presque toutes pénibles à
examiner. Sa bouche se contractait,
pour ne pas offrir l'aspect du sourire
sardonique qui y siégeait habituelle-
ment ; ses yeux, presque toujours
glacés, brillaient d'une flamme ex-
traordinaire, qui n'était point celle
du plaisir et du contentement : mais
rien ne voilait la richesse de ses formes, l'élégance de sa taille, la majesté de sa démarche. Alinska était
faite pour inspirer de vifs désirs, surtout lorsque l'obscurité du lieu ne

permettait que de voir imparfaite-
ment sa mobile et sombre physionomie.

Il fallut plusieurs fois que Delmont répétât ses instances, pour
qu'elle se décidât à le suivre. Elle
hésitait sans cesse ; elle voulait re-
culer le moment qu'il désirait. Ses
paroles étaient incohérentes, elles
annonçaient toutes une crainte con-
tinuelle de perdre le bonheur, à l'instant même qu'on espérait le fixer.
Cependant sa résistance eut un terme ;
elle parut faire un effort puissant, et
levant au ciel ses bras et ses yeux,
elle sembla ou constater qu'elle était
entraînée, ou implorer un pardon
qu'elle n'espérait pas obtenir. Les té-

3.

moins avertis étaient déjà dans la
salle, lorsque les deux amans y firent
leur entrée. A leur vue, à celle du
magistrat, Alinska se troubla davantage ; mais néanmoins elle répondit
avec modestie aux complimens que
celui-ci lui adressa. Il commença sur-
le-champ la cérémonie ; elle ne fut
pas longue, et Delmont fut uni irrévocablement à la Hongroise.

L'ouragan néanmoins redoublait de
furie, et semblait battre les murs du
château avec une véhémence particulière. Le magistrat, pressé de se
retirer, se refusait aux prières de Delmont, qui voulait le retenir jusqu'au
jour suivant. Il adressa de légers
complimens à la nouvelle épouse, qui

les reçut en silence, et sortit enfin
accompagné des deux témoins, qui
allaient attendre dans une salle particulière le moment où on les rappel-
lerait. Gervais, le domestique, avait
reçu les instructions de son maître;
il devait introduire le Curé dans la
chapelle, y amener le fermier, et venir ensuite trouver le colonel, sous
prétexte de prendre ses ordres avant
d'aller se coucher, et par sa présence
lui annoncer que l'autel était prêt.

Alinska, demeurée seule avec Delmont, ne se montra pas plus rassurée. Son sein oppressé s'agitait avec
force, ses mouvemens paraissaient
gênés; elle portait ses yeux au hasard; mais surtout chaque fois que

son époux se rapprochait d'elle, un
tremblement convulsif la saisissait, sa
pâleur augmentait encore, et ses bras
se portaient en avant de son corps,
comme pour repousser celui qu'elle
paraissait cependant chérir avec une
si parfaite ardeur. Delmont s'aperce-
vait des combats extraordinaires que
livrait le cœur d'Alinska contre une
cause inconnue. Il en souffrait pour
elle ; il espérait que le temps et une
plus complète intimité la rendraient
enfin à son état-naturel. Il essayait,
par de douces paroles, à lui inspirer
moins de terreur ; à la ramener au
calme qui l'avait abandonnée, mais
ses efforts étaient vains ; le trouble
de la Hongroise restait le même : des

paroles incohérentes sortaient de sa bouche ; tantôt elles exprimaient le délire impétueux de l'amour, tantôt elles prédisaient de sinistres ven-geances ; elles invoquaient la pitié du ciel, elles repoussaient les châti-mens de l'enfer.

Cette situation était trop pénible pour pouvoir durer long-temps. Elle rappelait au colonel, d'une manière trop fâcheuse, ce qui naguère l'avait ému, lorsque minuit sonna ; et Ger-vais parut dans le salon. A son aspect, Delmont venant près d'Alinska :

« Allons, mon amie, encore un peu de courage, tout sera fini, venez ; nous devons partir avant qu'il soit une heure, et nous avons un autre

21*

soin à remplir. Il faut que nous passions dans une autre pièce.

— En est-il, répondit Alinska d'un
ton lugubre, en est-il une seule où
je puisse trouver le repos? m'en pro-
curerez-vous une, Edouard, dans laquelle cette fatale femme ne me pour-
suive pas?

— Quelle femme! s'écria Delmont
avec vivacité; de qui parlez-vous?

— Eh! ne le savez-vous pas? ne
s'est-elle point offerte à votre vue?
que peut-elle me vouloir, avec cet
enfant qui marche avec elle? Eh
bien! s'ils ne sont pas trois, est-ce ma
faute? pourquoi s'est-elle opposée à
ce que je remplisse en entier ma mission? Elle sait que nous ne devons

plus nous retrouver ensemble ; elle habitera là-haut, tandis que je souffrirai là-bas.

— Au nom de mon amour! Alinska, reprenez vos sens ; vous me rendez le plus malheureux des hommes. Que voulez-vous? qu'avez-vous?

— J'ai soif, grande soif!!

— On peut vous contenter.

— Ce ne sont pas des rafraîchissemens que je demande! il me faut du sang! du sang! et le tien, Édouard!!

— Ah! malheureuse amie, votre raison vous a-t-elle ainsi abandonnée! Rentrez en vous-même; oubliez le passé; songez que nous sommes l'un à l'autre, qu'une carrière de bonheur peut commencer pour nous.

— En trois pas je la franchirai ; et ne trouverai-je pas au bout le froid cercueil dans lequel j'étais déjà couchée ?

— Je ne vous écoute plus, venez ; un dernier devoir nous reste à remplir. »

Il dit, et passant un bras sous la taille d'Alinska, il l'entraîna rapidement vers la chapelle, tandis qu'elle poussait des cris aigus, qui se mêlaient aux rugissemens de la tempête.

« Édouard ! Édouard ! deux fois me donneras-tu la mort : es-tu déjà lassé de ta pauvre compagne ? ne veux-tu plus qu'elle respire la fraîcheur de l'aube matinale ? faut-il la séparer à jamais de toi ?

« — Tel n'est pas mon dessein,
Alinska, je veux, au contraire, rendre nos nœuds plus indissolubles, je
veux que rien sur la terre ne puisse
nous séparer.

— La mort! oh, la mort! qu'elle
est amère ! et toi, mon Édouard,
dois-tu aussi mourir? oui, tu es à
moi, tu t'es solennellement donné
de nouveau, et ma mission terrible va
bientôt s'accomplir. »

Au milieu des fureurs de cet inexplicable délire, le colonel parvint
enfin jusqu'à la chapelle, portant
moins que conduisant la Hongroise à
demi évanouie. Un cri plus terrible
lui échappa, lorsque l'autel illuminé
et le prêtre, en habits sacerdotaux,
s'offrirent à sa vue.

« Oh, Providence ! oh, destin ! dit-
elle en pleurant, pour la première
fois je cède à votre ascendant, et ma
ruine est certaine. »

Cependant Delmont, usant presque de force, la contraint à s'age-
nouiller. Elle ne résiste plus ; elle
sanglote, elle verse des larmes ; ses
traits, déjà tourmentés, achèvent de
se décomposer, et tout à coup les
palpitations de son sein demeurent
interrompues. Alinska ne semblait
plus tenir que par un fil bien léger à
cette existence peut-être prête à lui
échapper. La cérémonie continuait,
l'anneau nuptial venait d'être béni ;
le prêtre le donne à l'époux, pour
qu'il le passe au doigt de sa femme :

la main de celle-ci était gantée, comme déjà nous l'avons dit plusieurs fois; le colonel, par un vif effort, arracha le gant avant qu'Alinska ait pu y mettre obstacle, et la hideuse main décharnée d'un squelette frappe son regard et celui du Prêtre confondu......

Une exclamation échappe à la fois à tous les témoins de cet horrible spectacle. Le ministre du Seigneur recule d'un pas :

« Démon, dit-il, au nom du Dieu créateur, je t'adjure de te faire connaître...... »

Cet ordre ne pouvait plus être exécuté; le cadavre de la Hongroise venait de tomber sur le plancher, et de

trois blessures alors r'ouvertes s'épan-
chaient les flots d'un sang impur et
corrompu.

FIN DU TOME TROISIÈME ET DERNIER.

www.ingramcontent.com/pod-product-compliance
Lightning Source LLC
Chambersburg PA
CBHW070505030726
47503CB00004B/1175